요가 다녀왔습니다

요가 다녀왔습니다

신경숙 에세이

요가는 내가 소설쓰기 외에 가장 오래 해온 일입니다.

글쓰기를 위해서 시작한 요가는 뜻밖에 나에게 사람과 사물에 대해 친절하고 다정한 태도를 지니게 해주었어요. 오랫동안 쓰기만 하고 돌보지 못했던 몸을 응시하는 시간도 물어다 주었습니다. 제복이 '요가 다녀왔습니다'이지만 요가에 대한 책만은 아닙니다. 새삼스럽게 깨닫게 된 불균형으로 이루어진 나의 몸과, 여기 있는 동안 계속되기를 바라는 나의 글쓰기와, 무엇보다 요가를 하면서 만난 나의 이웃들의 기쁨과 슬픔의 순간이 담긴 책이라고 해야 될 것 같습니다. 나는 앞으로도 한사코 요가에 깊이 빠지지는 않으려고 할 거예요. 그 세계에 깊이 들어가면 세상을 다 잊어버린 채 나오지 않고 문을 잠가놓을 것 같거든요. 그만큼 매혹적인 세계입니다만 아직 다른 할일이 좀 있어서 나는 이 상태로 여기 있겠습니다. 하지만 요가가 내게 장착시킨 태도들은 더 바짝 곁에 둘게요. 나아가지 않고 머물러 있어도 괜찮다고 생각합니다. 앞이 아니라 뒤로 가는 것도 나쁘지 않다고 요가는 알려주었습니다. 덕분이겠죠. 지금의 나는 살아가는 자력을 희망에서만 얻는 건 아니라는 생각도 하게 되었습니다.

하루하루 지날수록 나의 요가 자세들은 지금보다 더 나빠질 것이고 나의 몸도 지금보다 더 많은 통증 앞에 던져질 것이며 나의 글쓰기도 지금보다 더 고독해질 것을 예감합니다. 그럼에도 불구하고, 어쩌면 그래서, 다음 시간을 더 차갑고 더 온화하게 껴안게 될 것도 같습니다.

여기에 쓰인 글은 요가를 하면서 지내온 순간들의 기록입니다. 쓸 수 있어서 좋았습니다. 여기에 썼으니 이제 저기로 다시 가보겠어요. 여기에 쌓아놓은 순간순간들이 당신의 계속되는 밤길에 잠깐이라도 괜찮아, 하는 목소리가 되어주기를 바라봅니다.

2022년 가을
신경숙 씀

요가원에서의 북 리딩

지난 일요일 오후 두시쯤 머리를 감고 있다가 갑자기 스치는 어떤 생각에 마음이 급해져서 마른 타월로 머리카락의 물기만 닦아낸 후 후배 L에게 문자를 보냈다. 오랜만에 그의 옛 별명을 불러보았다. 그리고 썼다. '이런 얘기 굉장히 뜬금없겠지만', 젖은 머리카락에서 물기가 이마와 귓등을 타고 흘러내렸다. '요가에 관한 글을 발표할 수 있는 지면 좀 알아봐줄 수 있을까?' 어떤 일은 어느 일요일에 이렇게 느닷없이 이루어지기도 한다.

내 작품 『리진』이 미국에서 'The Court Dancer'란 제목으로 출판이 되어 뉴욕을 방문했다. 에이전트와 미국 출판사가 마련해놓은 몇 가지 스케줄이 있었는데, 그중 하나가 어퍼웨스트사이드에 있는 요가원에서의 북 리딩이었다.

요가원에서 리딩을?

나는 스케줄표에 "Book Reading & Discussion with Acclaimed Korean Author"라 쓰여 있는 걸 한참 응시했다. 미국 에이전트가 내 스케줄을 짜기 위해 얼마나 고심을 했는지 짐작이 가서 마음이 짠하기도 했다.

한국에서야 내가 소설가로 살아온 지 오래되어 내 이름을 아는 사람들이 많지만 뉴욕에서는 2011년 『엄마를 부탁해*Please Look After Mom*』가 처음 출간되었으니, 데뷔한 지 이제 팔 년 된 신인 작가에 불과한 것이다. 그사이에 다행히도 『어디선가 나를 찾는 전화벨이 울리고*I'll Be Right There*』와 『외딴방*The Girl Who Wrote Loneliness*』『리진』, 최근엔 『바이올렛*Violets*』까지 연이어 출간되는 기쁨을 누리긴 했다. 외국에서 책을 낼 때마다 느끼는 것이 있는데 나의 이름이 외국인이 발음하기에 매우 어렵다는 것이다. 나를 만나는 외국인들은 너 나 할 것 없이 공식 석상에서 예의를 지키느라 노력해서 내 이름 전체를 한 번 부른 후에는 주로 "씬" 하거나 "경"이라 불렀다. 그것도 어려워 꼭 불러야 할 때만. 내 이름이 그리 어렵게 불릴 적마다 '무라카미 하루키'나 '요시모토

바나나’ 같은 이름이 떠오르곤 했다. 하루키가 필명이라는 얘긴 듣지 못했으나 바나나는 글을 쓰기 시작하면서 누구나 부르기 쉬운 이름으로 작명했다고 들었다. 혹시 나도 그랬어야 했을까? 알려지는 않고 발음하기는 어려운 "경숙"이란 이름을 가진 나를 위해 에이전트가 책 홍보 스케줄을 짜다가 본인이 다니는 요가원에서의 낭독회까지 추진한 것이다.

그 마음에 답하기 위해서 나는 에이전트와 미국 출판사가 만들어놓은 스케줄에 정성껏 임했다. 무엇보다 단 한 번도 약속 시간에 늦지 않았다. 독립서점에 가서 책 다섯 권에 사인을 하기도 했고, 블로그 서면 인터뷰에도 성실히 답장을 했다. 물론 하모니클럽이나 북컬처 같은 서점에서의 이벤트와 참석한 사람들의 질문들에도 귀를 열어놓고 듣고 답했다. 독자에게, 그것도 해외 독자들에게 작품의 한 대목을 낭독하고 그들과 그 작품의 배경을 공유하는 일은 통역의 힘을 빌리지 않고는 소통이 부자유스러운 나 같은 사람에게 쉬운 일이 아니다. 더구나 『리진』의 배경은 현대가 아니라 한국 역사 중 근대가 시작되는 백 년 전이다. 백 년 전 조선이 일본이나 중국 러시아 같은 열강들의 간섭과 힘겨루기에 끼여 균형을 잃고 패망해가는 상황을 한국 사람이 아닌 독자에게 이해시키는 일은 언제나 나를 긴장시켜서, 함께하는 시간을 마치고 숙소에 돌아오면 소파에 푹 쓰러져 잤다. 일단 한숨 자고 새벽에 일어나 세수하고 다시 정식으로 잠자리에 들곤 했다.

그때 나는 뉴욕에 도착하자마자 숙소 근처 요가원에 등록을 해뒀는데 요가원에서 리딩이 있는 날 아침에 요가를 하러 갔으나 나무 자세가 되지 않았다. 나무 자세는 말 그대로 땅에 뿌리를 내리고 바르게 서 있는 나무를 몸으로 만드는 형상이다. 한 다리는 바닥을 딛고 한 다리는 딛고 있는 다리의 허벅지에 찔러넣고 몸을 바르게 세우고 합장한 손을 머리 위로 올려 삼 분쯤 유지하는 것이다. 나무 자세는 자연히 몸의 균형 감각을 높여준다. 집중이 필요한 동작이라 생각이 많은 날은 바람 앞의 나뭇가지처럼 자세가 흔들린다. 그날 나의 나무 자세도 바람 앞의 잔가지들처럼 흔들흔들거렸다. 몇 시간 뒤에 뉴욕이란 도시의 요가원에서 처음 하게 될 낭독회 생각 때문에.

약속된 시간, 요가원에 갔을 때 입구에 내 사진과 책 표지가 실린 팸플릿이 가만히 붙어 있었다. 문을 열고 들어가자 영어로 출판된 나의 책들이 한켠에 진열되어 있고 막 요가를 마친 사람들이 스튜디오에 의자들을 배열하고 있었다. 에이전트가 요가원 원장인 스테판Stephan과 그의 아내인 잉그리드Ingrid에게 나를 인사시켰다. 첫눈에 나는 그들에게 반해버렸다. 그들에게서는 요가를 오래 해온 사람들이 지니는 기운이 몸 전체에 흐르고 있었다. 시간이 좀 지나니 요가원 주변에 살고 있는 글을 쓰는 사람, 그림 그리는 사람들이 하나둘 모여들었다. 며칠 전 서점 낭독회장에서 만난 독자도 어찌 알고 그곳을 찾아와서 다시 만나기도 했다.

스테판과 잉그리드 부부는 요가를 하다가 만나서 결혼을 했고 '샤키Shakti'라는 이름의 여덟 살 딸을 두었는데 샤키도 거기에 있었다. '샤키'라는 이름에는 여성의 신령스러운 힘이라는 뜻이 담겨 있다고 한다. 어디에 있어도 세 사람이 가족이라는 것을 누구나 알 수 있을 정도로 서로 닮아 있었다. 샤키는 두 살 때부터 요가원에서 자랐고, 여덟 살이 된 그때도 거의 요가원에서 지낸다고.

앉아서 편안하게 얘기하라고 스테판이 여러 개의 방석을 나와 통역사 앞에 깔아주었으나 의자에 앉아 있는 사람들을 두고 바닥에 앉기가 멋쩍어 벽에 등을 대고 서서 얘기를 시작했다. 그사이에 사람들이 더 모여들어 마련된 의자가 꽉 차자 새로 온 사람들은 바닥에 앉기 시작했다. 모두들 서로 오래 만나온 듯 스스럼없어 보였다. 요가복을 입은 에이전트도 그들 사이에 앉아서 나를 향해 활짝 웃어주었다.

그날 아침에는 나무 자세가 흔들릴 정도로 긴장을 했었는데, 막상 요가원에서 낭독회가 시작되자 마음이 평화로워졌다. 지금도 그 이유는 모르겠다. 그곳에서 왜 그렇게 마음이 평화로워졌는지. 요가복을 입고 앉아 있는 사람들과 함께 책을 읽고 얘기를 나누는 일이 어색하지가 않았다. 나에게서 사라진 것 같은 웃음이 나에게로 돌아오고 있는 느낌도 들었다. 나는 친구들에게 인사하듯이 그들에게 첫인사를 했다. 나는 서울에서 왔는데 내가 사는 동네에도 여기 분위기와 비슷한 요가원이 있고 그 요가원에서 요가를 시작한 지 십오 년이 되었다고……. 요가에 대한 이야기로 시작된 낭독회는 그렇게 세 시간 사십 분 동안 이어졌다. 내가 했던 낭독회 중 가장 길고 편안하고 평화로운 낭독회였다. 한국말을 처음 듣는 사람도 있었다는데도 누구 한 사람 나가지 않았다. 뉴욕의 요가원에서 조선시대 궁중 무희 『리진』에 대한 이야기를 그토록 편안하게 나누게 될 줄이야.

헤어질 때 샤키가 나를 따라나오며 "어린이를 위해서 쓴 책은 없나요?"라고 물었다. 나는 샤키를 안아주며 말했다. "언젠가 쓸게, 너랑 어린이를 위한 책." 샤키가 수줍게 웃었다. 그 약속은 아직 이루지 못했지만 잊지 않고 있다. 약속을 지킬 것이다. 가장 긴 낭독회를 했는데도 전혀 피곤하지 않았다. 그날 숙소로 돌아와 소파에 쓰러지지도 않았다. 점점 더 맑아지는 정신으로 뉴욕의 거리를 내려다보다가 그 자리에서 아침에 흔들렸던 나무 자세를 시도해보았는데 흐트러짐 없이 나무 자세가 만들어졌다. 아마 오 분 넘도록 나무 자세를 유지했을 것이다. 나는 자세를 풀고 숙소의 작은 테이블에 엎드려 잉그리드와 스테판에게 이메일을 썼다.

오늘밤은 나에게 매우 특별했어요. 요가원에서 책을 낭독한 것은 처음이었습니다. 요가와 책을 읽는 일이 서로 어울린다는 생각을 처음 했습니다. 매우 편안하고 평화로운 시간이었습니다. 처음 만나는 사람들인데 처음 만난 것 같은 서먹함이 없었습니다. 모두들 내 낭독에 귀기울여줘 우리는 오랜 친구 같았습니다. 샤키와 함께 찍은 사진을 소중하게 간직하겠습니다. 오늘밤 나와 함께했던 사람들이 깊은 잠을 자길 바랄게요.

다음날, 나는 잉그리드, 스테판 그리고 샤키로부터 답장을 받았다.

정말 고마워요, 경숙. 사람들을 초대해서 당신의 이야기를 듣고 당신과 사랑에 빠진 시간은 큰 기쁨이었어요. 우리도 요가원에서 이런 만남을 시도해본 것은 처음이라 어찌될까 궁금했어요. 아주 잘되어서 기뻤어요. 우리 셋을 비롯해 모인 사람들은 한국말을 전혀 모르지만 모두들 아름다운 음악을 듣는 것 같았다고 해요. 사람들이 사랑스런 표정을 짓는 걸 보는데, 우리도 행복했습니다. 우리는 당신의 요가 책을 기다리고 있어요. 우리와 함께 시간을 보내주어서 감사합니다. 축복을 빌며 다음 만남을 고대합니다.

내 요가 책을 기다린다고?

낭독회가 끝나고 누군가 요가에 대한 글을 쓰지 않겠느냐고 물었던 기억이 났다. 나는 여태는 책을 쓸 생각을 못 했는데 오늘부터 생각해보겠다고 답했던 기억도. 사흘 후인가. 다시 만난 에이전트도 똑같은 말을 했다. 에이전트는 내가 요가를 한다는 것을 알고 있었지만 그렇게 오랫동안 해왔다는 것은 이번 낭독회에서 처음 알았다고 했다. 그녀는 "그런데 왜 요가에 대한 글을 쓰지 않아?"라고 물었다. "요가에 대한 책을 쓰겠다고 약속해"라고도. 내가 소설 쓰는 일

외에 가장 오래 해온 일은 요가인데 그동안 요가에 대한 글을 쓸 생각을 한 번도 하지 않았다는 것을 깨닫는 순간이었다. 뉴욕의 요가원에서 낭독회가 있던 그날, 내가 누군가에 의해 발견된 느낌.

　서울로 돌아와 동네 요가원에 다시 나가 요가를 하면서 자주 그 약속을 떠올렸다. 지난 십오 년 동안 요가는 내게 무엇이었을까? 나도 궁금해지기 시작했다. 그러고는 지난 일요일 오후에 머리를 감다가 L이라면 나를 응원해줄 거라는 생각에 문자를 보낸 것이다. 요가가 내게 무엇이었는지는 글로 써보면 알게 될 거란 생각. L은 고맙게도 곧 우와……해주며 아주 잘 어울리고 잘 쓸 듯해요, 라는 답장을 보내왔다. 그리고 또 곧 《요가저널코리아》에 글을 쓸 수 있도록 연결을 시켜주었다.

그 집의 우물은 아직도……

나는 비교적 건강 체질이다.

아직까지는 크게 아파서 병원에 입원이란 걸 해본 적이 없다, 고 쓰는데 결혼하고 얼마 후에 자궁근종 수술을 했던 기억이 난다. 아이를 갖고 싶었다. 딸아이면 좋겠다고 생각했다. 나는 나의 엄마에게 친구가 되어주지 못했으면서 내게 딸아이가 생기면 그 아이와 친구처럼 시간을 채우고 싶은 그런 바람이 있었다. 분홍색 뺨을 어루만지고도 싶었고, 자꾸만 오므리려는 손가락을 하나하나 펴주면서 놀고도 싶었다. 그리고 아기 냄새를 맡고 싶었다. 사람마다 느낌이 다르겠지만 나에게 아기 냄새는 이른 아침 이슬을 맞으며 피어난 나팔꽃, 혹은 오월의 장미에게서 나는 냄새다. 가끔 생각한다. 인생의 한 시절 이런 냄새를 맡고 지낸 사람과 아닌 사람이 같을 수 있을까? 아닐 것이다.

늦은 결혼이었지만 처음 이 년 동안은 아기를 갖기 위해 특별히 노력하진 않았다. 자연스럽게 아기가 우리에게 와준다면 설렐 것이리라 여겼다. 이태가 지난 후에야 어쩌면 아기가 나에게 오지 않을 수도 있겠다는 생각이 들었고 병원을 찾아갔다. 의사는 내 몸의 아기가 들어앉을 만한 자리에 근종이 자리잡고 있다고 했다. 아마도 내 쪽에서 "그 근종을 없애면 아기가 생길까요?"라고 물었을 것이다.

수술은 복강경으로 진행되어 크게 고통을 느끼지 못했다. 사흘인지 나흘인지 입원을 했었는데 병실의 창이 거리를 향해 나 있어서 밤에 잠들기가 어렵기는 했다. 커튼을 내려도 어슴푸레한 빛이 자꾸만 안으로 스며들었다. 그 빛 속에서 천장을 보며 누워 있다가 결국은 일어나 책을 읽었을 것이다. 어떻게 생겼는지 어디에 있는지 모르지만 아가야, 나에게 와…… 중얼거렸을지도.

그 일은 부끄러운 일도 아닌데 지금까지 누구에게도 말해본 적이 없다. 건강검진 때조차 수술한 적이 있느냐는 질문에 아무 표시를 하지 않았다. 그 수술 이후에 나에게 꿈처럼 아이가 왔다면…… 아마도 그 아이에게는 내가 너를 얻기 위해 수술을 했었다고 말했을지도 모를 일이다.

그때를 빼면 병원에는 알레르기나 감기 몸살, 약한 치아 문제로 자주 들락거렸어도 입원할 정도로 아픈 적은 없다. 체질이 건강하다는 것은 누구에게나 축복이지만 소설을 쓰는 이에겐 더할 나위 없는 행운이다. 소설을 쓰는 일은 노동이고 장편은 체력전이기도 하다. 운동이든 살아가는 방식이든 하나쯤은 찾아내서 몸을 위해 적절히 조절하고 관리하지 않으면 소설을 쓴다고 집중할수록 건강은 나빠진다. 나처럼 폭식형 글쓰기를 해온 사람에겐 더욱.

내가 건강할 수 있었던 것은 첫번째는 어머니에게서 물려받은 게 있고 두번째는 내가 태어나 16세에 떠나기 전까지 살았던 마을이 학교와 4킬로쯤 떨어져 있었던 덕분이었다. 초등학교 육 년을 아침저녁으로 들길과 산길을 4킬로씩 왕복 8킬로를 걸어다녔으니까.

중학교는 집에서 좀더 멀어서 삼 년 내내 자전거를 타고 6킬로씩 그러니까 등하교를 합해 거의 매일 12킬로씩을 달렸다. 게다가 학교 가는 길은 평지가 아니었다. 자갈이 깔린 신작로이거나 좁은 수로들 사이의 들길이었다. 1.5킬로쯤은 아주 가파른 오르막이기까지 해서 숨이 차 자전거를 타고 오를 수도 없었다. 자전거에서 내려서 이마에 흐르는 땀을 닦아내며 자전거를 끌고 걸어올라가곤 했다. 학교에 늦을까봐 아주 빠른 걸음으로.

초등학교 때는 집에서 아침밥을 먹고 책보(책가방을 4학년 때 처음 가졌다. 그전까진 보자기에 책을 싸서 들거나 허리에 매고 다녔다. 나만 그런 게 아니라 그때는 내 동무들 모두들 그랬다)를 매고 한 시간쯤 걸어서 학교에 가면 아침에 먹은 밥이 소화가 다 돼버려서 이내 배가 고팠다. 점심시간까지 기다려 도시락을 먹는 일이 좀처럼 드물었다. 어찌나 순수하게 배가 고프던지 아무리 인내심을 발휘해도 둘째 시간 끝나고 쉬는 시간에는 어느덧 도시락을 꺼내 먹게 되었다.

이 규칙적인 육 년의 도보와 삼 년의 자전거 타기가 나를 아주 강건한 시골 소녀로 만들었다. 시골에서 태어나 16세까지 살았넌 그 시간이 훗날 소설가에게 필요한 절대적인 건강을 내게 선물해주었다고 생각한다. 덕분에 나는 소설가가 된 후에 사나흘씩 날을 새워도 다시 잠만 충분히 보충해주면 별 탈 없이 평상시로 돌아왔다.

그 천연자원처럼 느껴지던 체력에 이상이 왔다고 느낀 것은 마흔을 앞두고서였다. 나는 비교적 잠자리에서 꾸물

거리지 않고 가뿐히 일어나는 편이었는데, 마흔을 앞두고서 잠에서 깨어나 맑은 정신을 수습하는 데까지 시간이 걸리기 시작했다.

수면의 질도 떨어져서 작은 기척에도 잠이 깨었다. 항상 몸이 피곤했고 의욕도 저하되어 자주 무기력증에 빠져들더니 제 리듬을 찾는 데 시간이 걸렸다. 어깨가 아파서 손을 올리기도 불편하고 팔과 손목은 저릿저릿했다. 꽤 많은 계단을 올라가야 현관문이 나오는 빌라에서 살던 때였는데, 단숨에 오르던 계단을 몇 번이고 쉬어야만 했다. 체력이 떨어지고 체중은 늘어나니 움직이기가 싫어졌고, 간단한 약속을 지키는 일에도 다짐이 필요해졌다. 새로운 소설을 시작하는 데 워밍업 시간이 두 배는 더 길어졌다. 잠을 자면서도 어깨 통증이 느껴져 "아파……" 하고 혼잣말이 새어나왔다. 집 근처에 산이 있기 때문에 아침에 자주 산책 삼아 산에 올랐는데 그 일도 그만두게 되었다. 힘에 부쳐 비탈진 산을 오를 수가 없었다. 그때 느꼈다. 아, 이제 어머니로부터 물려받은 건강과 시골 생활이 나에게 가져다준 체력이 바닥났다는 것을.

어린 시절을 보낸 나의 집엔 우물이 있었다. 매일 우리

가족과 가까운 이웃들에게 식수를 공급하면서도 우물은 한 번도 바닥을 드러낸 적이 없었다. 그 마을에도 상수도 시설이 구비되어 수돗물을 사용하게 된 이후에도, 이제 아무도 물을 길어내지 않는 지금도, 그 우물엔 물이 가만히 고여 있다.

나는 그곳을 떠나온 이후에 시골집에 가면 우물 뚜껑을 밀어내고 우물 속을 들여다보곤 했다. 그 일은 지금까지도 계속되고 있다. 내가 문예창작학과에 입학했던 해는 1982년이고 그때 나는 스무 살이었다. 소설 창작 수업에서 노스승이 아주 까다로운 질문을 던지는 표정으로 문학이란 '깊은 우물 속에 자신의 얼굴을 비춰보는 것'이라고 했을 때, 나는 대번에 그 말을 알아들었다.

어린 내 몸집이 커지고 손잡이 달린 양동이를 들 수 있을 정도가 되었을 때부터 16세에 그 집을 떠나올 때까지 나는 아침이면 우물에서 물을 길어다 부엌의 엄마에게 가져다 드렸다. 저물녘에도 그 우물에서 물을 길어다 부엌의 물동이를 채워놓곤 했다. 나는 그 일을 하는 게 좋았다. 우선 엄마의 일을 줄여줄 수 있는 게 기뻤다. 엄마에겐 내가 큰딸이었다. 내 위로 모두 남자 형제뿐이라 엄마는 늘 혼자서 바삐 움직였다. 해도 해도 끝이 나지 않은 일 앞에서 엄마가 어느 날 주저앉을까봐 어린 나는 항상 두려웠다. 그래서 엄마가 해야 할 일 중에서 내가 할 수 있는 일들을 찾아내서 했다.

어린 시절의 나는 지금과는 달리 어떻게든 엄마 곁에 있으려고 했다. 엄마를 기쁘게 해주려고 노력했다. 내가 책을 읽고 있으면 엄마가 흐뭇해했기 때문에 나는 엄마 앞에서는 일부러 책을 읽기도 했던 기억.

우물에서 물을 길어다 엄마에게 가져다주는 일은 엄마를 기쁘게 하기 위한 것 중 하나지만 그 집의 우물을 좋아해서이기도 했다. 우물 속으로 두레박을 던지는 일, 두레박에 맑은 물이 가득 담기도록 줄을 조절하는 일, 줄을 당겨 물이 가득찬 두레박을 양손으로 잡고 맑은 물을 양동이에 붓는 일, 다시 두레박의 긴 줄을 풀어 우물 밑으로 내리는 일들이 참 좋았다. 무엇보다 길어올려도 길어올려도 물이 바닥나지 않고 저 아래에 찰랑거리고 있다는 것을 확인할 때 느끼는 안심과 희열이 있었다. 그래서 가끔은 두레박질을 하지 않을 때도 우물 턱에 손을 짚고 저 깊은 아래를 내려다보곤 했다.

그 집의 우물은 이제는 쓰지 않아 뚜껑이 덮였으나 물은 지금도 찰랑찰랑 고여 있다. 그와 반대로 나는 메말라갔다. 내 체력은 고갈되어 아침에 눈뜨는 일조차 힘들어지는 날들이 당도했다. 불행히도 나는 어떤 상황 속에서도 물을 품고 있는 그 집의 우물이 아니고 그냥 보통의 한 인간일 뿐이었다.

기어이 체력이 바닥나고 소설을 계속 쓸 수 있을까 싶을 정도로 무기력증에 빠진 채 나는 마흔을 맞이했다. 어깨가 무너질 것 같고 오후가 되면 편두통에 머리 한쪽이 쪼개지는 것 같았다. 건강을 자신하며 관리나 보충을 하지 않고 오버해서 쓰기만 한 자에게 찾아온 터널 속 같은 불안감은 나날이 더 깊어졌다.

그러던 봄날이었다. 그날도 두통에 시달리며 머리를 싸매고 있다가 집을 나왔다. 찬바람이라도 쏘이면 좀 나아질까 해서였다. 그날은 평소에 다니던 산 쪽 말고 동네로 내려갔다. 그러다가 '샨티 요가원'이라는 간판을 보게 되었다.

요가원?

동네에 요가원이 생기는가? 그렇지 않아도 지인이 내가 무기력증을 호소하니 요가를 해보는 게 어떠냐고 권유했던 때였다. 요가원이 지금처럼 흔하지 않았던 때다. 요가를 권유한 지인은 요가가 나에게 잘 맞을 것이라고 했다. 요가를 시작하고 한 달쯤 지나면 다른 것은 모르겠지만 두통과 어깨 통증은 잠잠해질 거라고 했다. 문제는 내가 사는 동네에 요가원이 없어서 요가를 하기 위해서는 홍대쯤까지 나가야 했다.

집에서 홍대까지는 자동차로 사십 분쯤은 소요되는 거리다. 나는 나 자신이 어떤 사람인지 얼마간 알고 있다. 아마 내가 알고 있는 나는 변하지 않을 것이다. 변화시키지 못할 나쁜 습관 몇도 알고 있는데 그대로 유지하고 있는 걸 보면 안타깝게도 나는 나쁜 습관을 지인처럼 끼고 살아갈 예감이 든다. 나는 오로지 요가를 하기 위해서 한 시간을 자동차로 이동하는 그런 열정 있는 부류의 인간이 못 된다. 분명 한두 번 나가보고 귀찮아 그만둘 것이 빤해서 시도조차 하지 않고 있던 참인데 두통에 시달리며 산책을 나간 동네에서 요가원 간판을 발견한 것이다.

나는 그 간판이 보고 싶은 친구의 이름이기라도 한 듯 그쪽으로 걸음을 옮겼다. 요가원은 텅 비어 있었다. 사람을 찾아보았으나 인기척이 없었다. 열린 문 안으로 들어가봤다. 새 요가 매트들이 가지런히 정리함에 정돈되어 있고, 훗날 이름을 알게 된 편백나무로 만들어진 쿠룬타(척추를 늘일 수 있는 기구)가 놓여 있고, 벽에는 아쉬탕가 요가 자세를 취하고 있는 그림이 붙어 있었다. 서성이며 누군가 나타나길 기다렸으나 아무도 나타나지 않았다. 칠판에 적혀 있는 전화번호를 메모하고 안내문을 꼼꼼히 따라 읽었다. 아직 요가 수업이 시작된 건 아니고 회원 모집과 오픈 준비를 하는 중임을 파악했다.

가끔 이런 행운을 누릴 때가 있다. 뭔가를 찾고 있는데 곧 그게 눈앞에 나타나는 것. 그런 행운을 느끼자 신기하게 두통이 옅어졌다. 산이 가까이 있어 공기는 좋으나 학교도 없고 시장도 없는, 서울에서는 외지다고 할 수 있는 동네에 요가원이 생기다니…….

홍대까지 가지 않아도 된다는 그거 하나만으로도 요가 원은 이미 충분히 나에게 매력적이었다. 인기척 없는 텅 빈 요가원 마루에 봄날의 오후 햇살이 따스하게 퍼지고 있어서 그 빛 속에 한참을 드러누워 있어도 사람이 나타나지 않았 다. 나는 빛 속에서 몸을 일으켜 벽에 붙어 있는 그림 속 아 쉬탕가 요가 자세 앞에 서보았다. 엄지발가락과 뒤꿈치를 붙이고 똑바로 서보았다. 손을 들어 머리 위에서 합장하고 깊은숨을 내쉬어보았다. 아직 오픈도 안 한 텅 빈 요가원 마 루에 아무것도 모른 채 그저 그림 속 자세를 따라 해보고 있 는 내 그림자가 마루에 길게 늘어졌다. 그 그림자를 보며 나 는 그 요가원에 등록할 것을 결정했다.

그 결정이 내가 소설쓰기 다음으로 내 인생에서 가장 오래 하는 일이 되었다.

나, 요가하러 가요!

어머니에게 물려받은 건강을 마흔이 되는 동안 다 소진시킨 뒤 나의 몸 상태는 일종의 그로기groggy 상태였다. 어떤 책에서 읽었는데 형용사 '그로기'는 '그로그'라는 칵테일에서 유래된 말이라고 한다. 어떤 말을 알게 되고 그 말의 어원을 따라가보면 재미있는 일화와 만나게 되는데, '그로기'도 그중 하나다.

한동안 잊고 있었는데 이 글을 쓰면서 다시 찾아보니 그 제독의 이름은 에드워드 버넌이다. 그는 영국의 제독이었는데 평소에 견직물과 모직을 합해서 짠 그로그럼grogram이라 불리는 천으로 만든 제복을 즐겨 입었다고 한다. 어떤 사람들의 취향이 세상에 존재하는 사물의 이름을 짓게 만드는 역할을 하기도 하는데 버넌 제독도 그런 경우다. 그로그럼 천으로 맞춘 제복을 입는 그의 취향 때문에 그는 부하들에게 오래된 그로그Old Grog라는 별명으로 불렸다고 한다.

나는 그로그럼이 어떤 옷감인지 모르지만 그 특성이 방수가 잘되는 것이었다니 해군 제복으로는 적합했을 것이다. 지금도 그렇겠지만 17세기에 장기 항해란 얼마나 어려웠겠는가. 배로 대서양을 건너 아메리카로 가거나, 또 아프리카를 돌아서 태평양으로 항해를 할 때 가장 어려운 일이 물 수급이었을 것이다. 바다에 물이야 가득하지만 그걸 식수화해 마실 기술이 없던 때라 오래된 나무통에 마실 물을 가득 담아 싣고 항해할 수밖에 없었는데, 우리가 짐작할 수 있듯이 고인 물에 이끼가 끼고 더러워져(물은 어디론가 흘러가야만 썩지 않는다) 마실 수가 없게 되는 것은 당연한 귀결이다. 그래서 맥주라든가 와인을 타서 좀더 오래 마실 수 있게 하기도 했으나 그 또한 항해가 계속 이어질 때는 완전한 해결책이 될 수 없었다. 그래서 고안해낸 것이 사탕수수를 증류해서 만든 럼주를 물에 타 물이 상하는 것을 방지하는 것이었다.

인간이든 동물이든 이처럼 생존하는 데 불리한 상황이 닥치면 그걸 딛고 나아갈 수 있는 그 무엇인가를 창출해낸다. 그게 목숨을 가진 존재들의 힘이리라. 무얼 만들면 또 문제가 생기고, 그 문제를 타개하기 위해 또 무언가를 발명하고……. 이런 반복이 오늘날을 만들었을 것이다.

럼주를 물에 타서 마시면 고인 물에서 나는 냄새도 제거되고 알코올 도수가 높으니 물이 소독되어 장기 항해에서 발생할 수 있는 질병을 줄여주었다고 한다. 세상 대부분의 일들이 그렇듯이 럼주 또한 좋은 영향만 있는 게 아니었다. 알코올 도수가 높아서 럼주를 마신 수병들이 빨리 취하는 통에 발생하는 문제가 심각했다고. 그래서 버넌은 럼주를 배급할 때 술과 물을 따로따로 주는 게 아니라 반드시 그둘을 일정 비율로 타서 배급하게 했다고 한다. 그것으로 모자라 럼주를 탄 물에 설탕과 레몬을 넣어 마시게 했는데 그것이 바로 그로그 칵테일의 탄생이라고. 17세기나 지금이나 시대를 가로질러 술꾼들은 있게 마련인가보다. 어쨌거나 장기 항해중 물 대신 마시라고 그로그 칵테일을 배급하는 바로 그 상태가 '그로기'라는 형용사를 탄생시켰다.

이야기가 약간 샛길로 샌 듯한데 마흔을 앞둔 내 몸 상태가 바로 그 그로기 상태였다. 무기력과 어깨 통증은 기분 좋은 햇살 앞에서도 이마를 찌푸리게 만들었다.

아침에 일어나 내 책상이 있는 서재로 내려오려면 계단 열몇 개를 내려와야 하는데, 계단을 디딜 때마다 발바닥이 아파서 난간을 붙잡았다. 가능하면 발바닥에 힘이 가지 않도록 주의했다. 몸이 그로기 상태가 되자 봄날 집 앞의 은행나무에 아기 손가락처럼 새 잎이 돋는 것을 보는 일도 기쁘지 않았다. 반가운 저자의 책을 우편함에서 꺼낼 때도 시무룩했다. 시골 엄마가 야생이라면서 푸른 청매실을 보내주면 이걸 또 언제 씻어 물기를 닦아 유리병에 담나…… 귀찮은 생각이 먼저 들었다. 그가 무슨 말을 걸어오면 앞뒤 맥락 생각지도 않고 대답을 퉁명스럽게 내뱉게 됐다. 내가 말하고도 깜짝 놀라곤 했다. 잠깐만 그의 말에 귀를 기울이면 될 일을 "그 말 언제까지 계속할 거야?"라고 쏘아붙이고, 무슨 요청이 담긴 이메일에 대부분 짤막하게 답했는데 그마저도 부정적으로 응했다. 시간을 낼 수가 없다, 그건 하지 않겠다, 나하고는 상관없는 일이다…… 같은.

그러니까 내 몸은 스스로를 귀하게 여기지 않고 넘치게 사용하기만 하면서도 휴식과 위로를 주지 않은 나 자신에게 강하게 저항을 해온 것이다.

요가원에 등록하기 전까지 나는 내 몸의 말을 들어줄 여유가 없이 살았다. 드디어는 손을 머리 위로 올리는 일조차 힘들어질 지경이 되었다. 문득 이러다가 글을 못 쓰게 되는 건 아닐까 싶은 불안감에 울적해지지 않았다면 요가원 등록은 한없이 미뤄졌을 것이다.

요가원 첫 수업은 아홉시 반이었다. 한 시간 십 분 수업. 첫 시간이 열시 사십분에 끝나면 잠시 쉬었다가 두번째 수업이 열한시에 시작되어 열두시 십분에 끝났다. 저녁반은 여섯시 반과 여덟시에 있었다. 이렇게 하루에 네 번 수업이 있었다. 다른 요가원은 초급반 중급반 상급반 이런 식으로 반을 나누어서 수업을 진행하는 모양이나 우리 동네 요가원은 등록한 회원이라면 아침반이든 저녁반이든 시간에 구애없이 자신에게 맞춰서 출석할 수 있었다. 요가를 지도하는 선생님도 여러 분이었다. 월수금 선생님과 화목 선생님이 달랐고 아침반과 저녁반 선생님도 달랐다. 나는 자연스럽게 아침 아홉시 반 수업 시간을 나가기 시작했다.

결혼 전 나의 시간은 하루를 온통 나를 위해 사용할 수 있었다. 그래서 글 쓰는 시간도 '항상'이었다. 작품 집필에 들어가려면 맨 먼저 냉장고에 식료품을 가득 채워두었다. 열흘 이상은 바깥에 나가지 않아도 기본적인 식사를 해결할 수 있게 구워 먹을 수 있는 생선은 얼려놓고, 채소는 빨리 시

들지 않는 것 위주로 쟁여놓고, 과일과 요거트 등등의 식품을 냉장고에 채워놓은 다음에는 전화선을 뽑았다. 환기시킬 때만 빼면 줄곧 나의 창은 블라인드가 내려져 있었다. 빛을 차단해 언제나 밤처럼 해두니 밤과 낮을 따로 구분할 필요가 없었다. 빛이 들어오지 않게 해놓은 공간에서 나는 배고프면 뭐 좀 만들어서 먹고 쓰고, 졸리면 집안 아무데서나 쓰러져서 자고 또 쓰고, 가끔 세상이 궁금해 블라인드 사이로 손가락을 넣어 바깥 풍경을 내다본 뒤에 또 쓰고…… 그랬다.

그때의 나에겐 또 쓰고 또 쓰고의 리듬을 깨지 않는 방식이 그거밖에는 없었다. 그렇게 작품을 마칠 무렵이면 냉장고는 텅 비어 있고, 청소를 하지 않아 집안은 먼지투성이에, 아무렇게나 쌓아놓은 시디들 책들 벗어놓은 셔츠나 양말들이 굴러다녔다. 그게 나의 삼십대였다.

결혼을 한 후에 나는 골똘히 생각에 빠졌다. 이제는 시간을 나만을 위해서 쓸 수 있는 게 아니었다. 가족이 된 그와 시간을 함께 쓰거나 나눠 써야 했다. 가족을 얻은 대신 시간 배분이 필요해졌다.

나는 글을 쓰기 위해 아무도 침범하지 않는 나의 시간 마련이 필요해진 것이다. 그래서 기상 시간을 새벽 세시로 정했다. 새벽 세시라는 시간에 깨기 위해서 열한시 전에 잠자리에 들려고 노력했다. 지금은 드문 일이지만 삼십대의 시간들은 때때로 저녁자리가 있어 나갔다가 그들과 헤어지지 못하고 새벽에 집에 들어오는 날도 있던 때였다. 어떤 상황에서든 새벽 세시부터 아침 아홉시까지는 책상에 앉아 있는다, 이것이 내 다짐이었다. 이건 어디까지나 직장이 있는 곳으로 출근하지 않는 사람이어야만 가능한 시간 배분이다. 졸리면 언제든지 짧은 낮잠을 잘 수 있는 자유로운 상태. 작가라는 게 감사할 때가 있는데 이렇게 시간을 자유롭게 배분할 때이다.

새벽 세시에 자연스럽게 일어나게 되는 데는 의외로 빨리 적응했다. 자연스럽게 새벽 세시에 눈을 뜨게 되는 데 삼주일도 안 걸린 것 같다. 내가 새벽형 인간이었나 싶을 정도로 새벽 세시에 잠자리에서 일어나는 일이 별로 무리하게 느껴지지 않았다.

내 부모는 농부였다. 그들은 일찍 자고 일찍 일어나는 삶이 체화된 분들이다. 특히 여름철에는 새벽부터 논이나 밭에 나가서 오전 열한시 안에 하루 일을 거의 다 해버린다. 열한시가 지나면 햇볕은 따가워지고 오후의 대지는 그야말로 작열해서 일을 할 수가 없는 지경이 되니까 하루 일을 새벽부터 오전까지 다 마쳤던 것이다. 그 유전자가 나에게도 흐르고 있었을지도.

　　새벽 세시에 기상하기 위해 처음에는 알람을 맞춰놨지만 얼마 후에는 알람을 맞추지 않아도 되었다. 그 시간쯤 되면 알람이 울리기 전에 저절로 눈이 떠졌다. 부엌으로 나와서 무선 주전자에 물을 데워서 한 잔 마시는 것이 하루의 시작이다. 물을 마시고 세수는 하지 않고 손만 씻고 책상이 있는 방으로 와서 써야 할 글이 있을 때는 글을 쓰고 책도 읽고 소설의 자료가 될 것들을 챙겨보고 이메일을 체크하고 답장할 것에는 답장을 한다. 여름날이면 동트기 전부터 열한시까지 그날 해야 할 들판의 일들을 다 해내었던 내 부모처럼.

　　여러 요가 수업 시간 중에서 아홉시 반을 택한 이유는 그때쯤엔 습관이 된 그 시간 배분 때문이었다. 이런 시간 배분은 연재를 할 때는 특히 매우 적절했다. 연재를 할 때는 새벽 세시에 알람을 맞춰놓고 자지만 알람 소리 때문에 잠을 깬 적은 별로 없었다. 눈을 떠서 시계를 보면 알람이 울리기 삼 분 전이거나 오 분 혹은 십 분 전이곤 했다.

　　요가를 시작한 후에 첫 연재는 『리진』이었는데 이 시간 배분이 연재하기에 참 좋았다. 저녁에 일찍 잠들고 새벽 세시에 깨어나 글을 쓰고, 여덟시 반에서 아홉시 사이에 그가 간단히 아침을 먹을 수 있도록 살펴주고, 나는 빈속으로 아홉시 반에 시작하는 요가를 하러 갔다. 연재 덕분에 그것이 내 하루 일과의 자연스러운 패턴으로 자리잡았고, 지금껏 유지되고 있다.

요가를 하러 집을 나올 때면 나는 그에게 큰 소리로 말한다.

"나, 요가하러 가요!"

그는 내가 요가원에 다니겠다고 했을 때 처음에는 미심쩍어하며 한번 해봐, 하는 반응이었다가 나중에는 매우 반겼다. 내가 요가하는 것을 반기는 이유를 그에게 대놓고 물어보진 않았지만 요가를 시작하고 난 뒤에 내가 상냥해졌기 때문일 것이다.

나는 체력을 잃고 난 뒤에 자주 심각해지고 좌절에 빠지고 작은 일에도 화를 내고 물건을 사납게 내려놓고 문을 쾅쾅 닫고 기다림에 인색해졌다. 마구 날뛰는 말 한 마리가 심장 부근에 살고 있다가 어딘가로 내달리는 느낌이었다. 그래 놓고 내가 왜 이러나 싶어 자책하곤 했는데 요가를 시작하고는 그게 사라졌다. 요가가 단순히 몸을 살피는 일만이 아니라 마음을 들여다보는 일로 연결되는 증거라고 여긴다.

"나 요가하러 가요"라고 말할 때 그가 식탁에 앉아 있으면 바로 다녀와, 대답이 들린다. 처음에는 그 대답을 듣는 게 참 좋아서 아침에 요가원으로 출발할 때마다 외치듯이 "나 요가하러 가요" 했던 것 같다. 그는 내 눈앞이 아니라 그의 서재에 있을 땐 "응 그래!"라고 좀더 큰 목소리로 대답을 해주었다. 그가 내 목소리가 들리지 않는 곳에 있을 때는 당연히 아무런 응답이 없다. 그래도 나는 한결같이 "나 요가하러 가요"라고 말했다. 그러다가 어느 날 그가 집에 없는데도 내가 집을 나서며 "나 요가하러 가요"라고 말하고 있다는 걸 깨달았다. 의식하지 못하는 사이에 이미 나온 말이라 '뭐야? 아무도 없는데' 생각하며 혼자 웃었다.

그런 일은 계속되었다.

그가 집에 없어도 나는 아침에 요가원에 갈 때면 "나, 요가하러 가요!"라고 평소 말할 때보다는 좀 큰 목소리로 아무도 없는 공간을 향해 외친다. 곧 나 자신이 그 말을 받아들이는 것을 느낀다. 오늘은 쉴까 싶었던 마음, 잘되지 않는 소 머리 자세 같은 동작에 집착해서 왜 이렇게 안 될까 싶어 실망으로 접어들려는 마음이 안으로 말려 들어간다. 그리고 자, 이렇게 요가하러 간다고 외치기까지 했으니 잘하고 오자, 싶은 마음이 생기고 그 마음에 의지하게 된다.

요가를 하는 동안에는

요가를 시작하고 처음에 나는 한동안 요가 전도사가 되었다. 누군가와 대화중에 어디가 아프다는 얘기를 들으면 갑자기 진지해져서 요가를 해보라고 권유했다. 특히 책상에 많이 앉아 있는 학생이나 편집자나 동료들을 만나면 좀더 집중적으로 우리는 요가를 해야 해, 그래야만 일도 더 잘할 수 있고 자신의 몸을 지킬 수 있어, 라고 얘기하는 수다쟁이가 되었다. 그럴 때면 어김없이 상대방은 내 말뜻과는 무관하게 나에게 요가 잘해? 물었다.

나는 요가를 꾸준히 하게 되었을 뿐 잘하지 못한다. 요가원엔 아쉬탕가 요가 자세 포스터가 벽에 붙어 있는데, 내겐 불가능한 동작이 셀 수 없이 많다. 아직 시도조차 해보지 않은 자세들도 있다. 요가 중에서 왕의 자세라고 하는 머리 서기를 하는 데도 일 년이 걸렸다.

머리 서기를 두고 존재의 뿌리를 하늘로 다시 역전시키는 자세라는 문구에 반해서 수없이 도전해봤지만 몸통의 균형이 깨져 있어 회복시키는 데 시간이 걸렸다. 뒤로 혹은 앞으로 꽈당, 꽈당 넘어지는 게 몇 달이 지속되었다. 다른 일을 하다가 성과가 그리 없었으면 아마도 포기했을 것이다. 진전 없음에 실망하지 않고 꾸준히 요가를 해온 이유는 성과와는 별개로 내 몸에 집중할 수 있어서였다.

요가를 하는 동안은 머릿속 잡다한 생각들이 나를 떠나갔다. 언제까지 무엇을 해야 하고, 누구에게 전화를 해야 하고, 모레는 누구를 만나기로 했고…… 자동입력기처럼 뇌 속에 떠다니는 생각들에서 벗어났다. 심지어는 쓰고 있는 소설 생각에서조차 빠져나올 수 있었다. 기쁘면서도 두려움을 느꼈다. 내가 요가 속으로 깊이 들어가 그 속에만 있고 싶어하게 되면 어쩌나 싶은 두려움.

요가를 하는 동안에만 나는 오롯이 내 발가락을 바라보았다. 내 무릎의 상태에 집중했다. 작은 통증으로 이루어진 것 같은 내 어깨를 눈을 감으며 살폈다. 요가를 하면서야 나는 내 새끼발톱의 기형 상태가 이제는 치료되지 않을 수준이라는 것을 알게 되었다. 발가락 사이사이가 벌어지지 않는다는 것도 알게 되었다. 벌어지지 않는 정도가 아니라 스스로 움직이는 힘을 잃었다는 것도. 스스로 움직이는 힘을 잃은 것은 새끼발가락뿐만이 아니었다. 복부의 힘은 처음부터 없었던 것처럼 바닥이 나 있었고, 등 또한 틈만 나면 나도 모르게 구부리고 생활하는 것이 습관이 되어 불쑥 솟아 있다는 것도 알게 되었다. 소머리 자세를 하기 위해 무릎을 굽히면 오른쪽과는 달리 왼쪽 무릎이 팽팽하게 당기며 끊어질 것 같은 고통에 빠진다는 것도. 오른손을 머리 뒤로 넘길 때는 아래에서 등으로 올린 왼손을 마주잡을 수 있으나 그 반대로 왼손을 머리 뒤로 넘기고 등 아래에 펼쳐둔 오른손을 잡는 일은 불가능하다는 것도.

어디 하나 빼놓을 데 없이 나의 몸은 불균형으로 이루어져 있다는 것을 실감하게 한 게 나에겐 요가였다. 내 육체의 불균형들을 알아챌 수 있었던 것은 요가를 하는 동안 오로지 내 몸에 집중할 수 있어서였다. 나는 그 집중이 좋았다. 그 집중을 통해 나는 처음으로 방치해두었던 내 몸의 처지를 파악할 수가 있었으니까.

이상하지 않아요

어느 날 요가원에 할머니 한 분이 아들과 함께 나타났다.

아담한 키에 검은머리와 흰머리가 반반 섞인 머리를 묶고 있었다. 머리 길이가 등뒤에까지 내려왔다. 조그만 얼굴엔 자연스런 잔주름이 가득이고 눈, 코, 입이 단정해 보였다. 한마디로 참 이쁘게 늙은 할머니.

할머니의 등장을 기억하는 것은 할머니를 모시고 온 아들 때문이다. 보기에는 별 탈 없어 보이는 할머니를 바라보는 아들의 얼굴에 한가득 근심이 서려 있었다. 딸도 아니고 아들이 어머니를 요가원에 모시고 온 것도 특이한 일이었고.

요가원에 온 첫날 할머니는 일주일에 오 일 출석하는 육 개월짜리 정기권을 끊었고 바로 첫 수업에 동참했다. 할머니가 등록을 하도록 도와주고 돌아갈 줄 알았던 아들은 할머니의 요가 첫 수업이 끝날 때까지 한쪽에 서서 지켜보고 있다가 수업이 끝나자 모시고 갔다. 한 시간 십 분 동안 이어지는 요가 수업을 아들은 내내 조심스럽게 지켜보았다.

그들을 바라보는데 문득 시골 나의 어머니가 떠올랐다. 나도 어머니를 모시고 함께 요가를 할 수 있었으면……. 내심 부러웠던 것이다. 할머니는 첫 수업인데도 요가에 몰두했다. 요가는 처음이라고 했는데도 요가 선생님을 따라 어렵지 않게 태양 경배 자세를 하고 고양이 자세도 하더니 수업을 마치고는 상기된 얼굴로 아들과 함께 돌아갔다.

그날로부터 할머니는 아침 아홉시 반 수업에 꼬박꼬박 모습을 나타냈다. 매일매일 무언가를 꾸준히 하는 것만큼 실력을 늘게 하는 일은 없다. 그건 어린이나 젊은이나 노인이나 마찬가지다. 무슨 일이든 오늘 이만큼 하고, 내일 이만큼 또 하고, 모레 이만큼 또 해놓고 나중에 살피면 이만큼이 산이 되어 마주서 있다.

요가도 마찬가지다. 매일매일 자기 자신에게 맞게 아사나들을 하다보면 처음에는 꿈도 못 꾸던 아사나들이 자신도 모르게, 어느 날부터 자연스럽게 가능해진다. 내가 비록 머리 서기를 하는 데 일 년이나 걸렸지만 어쨌든 어느 날 서게 되었듯이.

할머니도 그랬다. 하루도 빠짐없이 요가 수업에 출석하자 할머니의 요가 실력은 나날이 늘어갔다. 연세가 있어서 '백 밴딩'이라 칭하는 후굴 자세는 힘겨울 수 있을 텐데도 부드럽게 해내었다. 수업중 어떤 동작이 힘에 겨우면 자신도 모르게 입을 꽉 다물게 되어 있는데, 할머니는 온화해 보이는 표정을 잃지 않았다.

할머니는 미국에서 잠시 들렀다는 동생과 함께 요가원에 오기도 했다. 나이 터울이 꽤 나는 막냇동생이라는데 할머니보다 얼굴에 주름이 더 많아 정말 동생인가 싶기도 했다. 할머니는 동생에게 요가가 얼마나 좋은지 입이 닳도록 얘기하며 동생이 어깨며 허리를 반듯하게 펼 때까지 옆에서 잔소리를 하기도 했다.

나는 어느새 요가원에 들어서면 그 할머니를 찾아보는 게 습관이 되었다. 할머니는 늘 나보다 먼저 와 있었다. 항상 같은 자리에 요가원의 공용 매트를 깔고, 그 위에 개인적으로 준비해온 얇은 매트 하나를 덧깔고 단정히 앉아 호흡을 하거나 휴식 자세를 하고 있었다. 나날이 반듯해지는 할머니의 어깨와 허리를 확인하는 일은 나를 기쁘게 했다. 그래서 어느 날부터인가 나는 할머니 뒤에 자리를 잡곤 했다.

나에게 할머니를 바라보는 일은 나의 어머니를 떠올리게 하는 일이기도 했다. 나날이 좋아지는 할머니의 요가 실력을 뒤에서 바라보고 있으면 때때로 슬픈 마음이 스치기도 했다. 누구나 그럴 것이다. 어머니를 생각하는 일은 곧 후회와 슬픔이 뒤따르는 일이니.

요가에 재미를 붙이면서 눈에 띄게 생기 있어 보이는 할머니의 얼굴. 점점 더 유연해지는 할머니의 허리를 볼 때마다 저 나이에도 저럴 수 있구나, 싶은 안도감은 또다시 나의 어머니도 요가를 할 수 있으면 얼마나 좋을까, 싶은 부러움으로 바뀌기도 했다.

어느 날, 수업을 마친 후에 갑자기 할머니가 우리에게 작별인사를 건넸다. 이제는 요가원에 그만 나올 거라고 했다. 내가 알기론 요가원에 나온 첫날부터 그날까지 공휴일 말고는 하루도 빠진 적이 없어서 모두들 갑작스러운 할머니의 말에 놀란 얼굴이 되었다. 할머니는 육 개월을 하기로 하고 정기권을 끊었는데 날짜가 다 되었다고 했다. 그러면 다시 끊으면 되지요, 누군가는 말했고, 다른 운동을 하시려고 그러세요, 라고 묻기도 했고, 지금 그만두시면 안 돼요, 그러면 아프실 거예요, 라고 만류하는 사람도 있었다. 할머니는 그냥 계속 요가원에 이제 못 나온다고만 했다.

설왕설래하는 분위기 속에서 나도 할머니가 갑자기 왜 그러시지, 생각했으나 답을 못 얻었다. 그로부터 이틀인가 수업을 빠진 할머니가 다시 요가원에 나왔다. 할머니는 아들이 확인해보니 아직 기한이 두 달이나 더 남아 있어서 다시 나왔다고 했다. 첫날 할머니를 요가원에 등록시키고 첫 수업을 마칠 때까지 지켜봤던 그 아들의 얼굴이 떠올랐다.

요가 선생님도 등록 카드를 다시 확인해보더니 그러게요, 두 달이나 더 남았네요, 했고 옆에 있던 누군가 등록한 날짜가 지나도 계속 요가하셔야 해요, 할머니, 지금 보기가 얼마나 좋은데요, 라고 참견했다. 그러고 보니 요가원의 아홉시 반 수업에 나왔던 이들은 나만이 아니라 모두 할머니를 자신들도 모르게 주시하고 있었던 모양이었다.

작은 소란이 있은 후 할머니가 다시 요가원에 나오기는 했으나 뭔지 모르게 예전 같지가 않았다. 늘 수업 십 분 전에 와서 준비 자세를 하고 있었는데 그후부터는 수업이 시작되고 이십 분이 지난 후에 나타나기도 하고, 어느 때는 수업이 끝나기 이십 분 전에 나타나서는 당황한 표정으로 서 있기도 했다. 그러다 며칠 안 보이기도 했다.

누군가 할머니가 이제 요가 안 하시나, 하니 요가 선생님이 요즘엔 저녁반에 나오신다고 했는데, 다음날엔 또 아침반 첫 수업이 끝나고 두번째 수업 사이에 나타나서, 뭘 해야 좋을지 모르겠다는 표정으로 서 있기도 했다. 처음 갑자기 작별인사를 나눈 소란이 있은 후로 할머니의 수업 시간은 그렇게 들쑥날쑥했다.

영원히 계속될 것 같은 그해 여름날들도 결국은 지나가고 바람이 차가워지기 시작했다. 한동안 아침반에서 보이지 않던 할머니가 어느 날 아침반 수업이 거의 끝나가는데 요가원 문을 열고 들어와서는 그 자리에 가만히 서 있었다. 수업에 늦은 사람들은 조심스레 발가락 걸음으로 매트를 꺼내 깔고 빨리 수입에 쉬려고 하는 게 일반직인데 할머니는 문을 열어둔 채 가만히 서 있기만 했다. 안 되겠던지 요가 선생님이 수업 도중에 여기에 자리잡으셔요, 하면서 선생님 앞자리를 가리키는데도 할머니는 서 있기만 했다.

요가 수업의 마지막 자세는 사바 아사나Savasana이다. 시체 자세라고도 부른다. 바닥에 누워 온몸의 긴장을 풀고 두 다리를 어깨너비로 벌리고 양팔도 가장 편한 만큼(약 30도 각도로) 벌리는 자세다. 사바 아사나에 제대로 십 분쯤 빠지면 깊은 잠 두 시간 잔 것에 비할 수 있다 한다. 사바 아사나 자세를 하고 눈을 감은 채 차례로 온몸의 힘을 빼고 천천히 호흡을 하다보면 바닥에 깊이 가라앉는 듯 자기 자신마저도 잊은 듯한 깊은 휴식의 시간이 찾아온다. 매번 사바 아사나에 이르는 몸의 상태가 다르긴 하지만 몇 번 깊이 가라앉는 평화로운 상태에 닿아본 후로 나는 사바 아사나를 존경하게 되었다. 가끔은 사바 아사나에서 빠져나오고 싶지 않을 때도 있었다.

할머니는 그 자리에 우두커니 서 있고 요가 수업은 막바지에 이르러 모두들 사바 아사나 자세에 들었다. 할머니가 신경쓰였지만 눈을 감았다. 한 시간 십 분 동안 요가 동작에 이완되고 수축된 몸을 가라앉히듯이 바닥에 대고 있을 때 할머니 목소리가 들렸다.

"오늘 내가 말할 게 있어요."

"……."

"사실은 내가 좀 이상해진 지 꽤 되었어요. 지난번에 내가 동생 데리고 온 적 있지요? 몇 해 전에 그 동생이 대장암에 걸렸어요. 동생은 미국에 살고 있어요. 그때 누가 보살펴

줄 사람이 필요했는데 남편이…… 우리 남편이 좋은 사람이 거든요. 남편이 우리가 동생 데려와 살리자 해서 내가 미국에 가서 우리집으로 동생을 데리고 왔어요. 서울로 나와 병원에 입원시켜서 수술을 두 차례나 받고 웬만해져서 가평에 작은 별장이 하나 있는데 거기서 우리 둘이 일 년 이 개월을 살았어요. 대장암이라 먹는 게 중요해서 매일매일 대장암에 좋다는 걸 구해서 죽을 끓여서 동생을 먹이고 그렇게 지냈는데 다행히 동생은 병이 나아서 미국으로 다시 들어갔는데…… 동생이 떠난 후에 내가 너무나 피로한 거예요. 일어나지도 못하겠고 잠도 오지 않고 이상해진 거예요. 점점 지난 일들이 기억이 안 나고 무엇을 해야 할지도 모르겠고 약속 같은 것도 다 잊어버리고……. 내가 왜 이러나 슬퍼하니까 아들이 그래요. 어머니 바깥에 나가셨다가 집에 들어오시는 그거는 잘하시잖아요, 그게 어디예요, 하면서 날 위로했어요. 그렇구나, 외출했다가 집이 어딘지 잊어버려 못 찾아오는 그런 일은 없으니까 그거 다행으로 여기자…… 하면서 지내왔는데, 아들이 요가를 하면 좋아질지도 모른다고 권유해서 여기까지 왔고, 요가하면서 정말 많이 좋아졌다고 느꼈는데…….”

　　우리는 시체 자세를 하고 할머니의 느리고 떨림이 많아

가끔 무슨 뜻인지 제대로 전달되지 않는 목소리를 계속 들었다.

"정말 많이 좋아졌다고 생각했는데…… 요즘 나는 다시 이상해진 거 같아요. 도무지 시간이 몇시인지를 잘 모르겠고, 요가원에 지금 가야 할 시간이다 해서 와보면 이미 지나 있고, 아침반이라고 생각하고 와보면 저녁반이고…… 시간이 어떻게 흘러가는지를 잘 모르겠어요. 시간이 막 뒤섞여버려서 이렇게 실례를 하네요. 오늘 같기만 하면 좋겠는데 어제는 내가 그제 뭘 했는지 생각이 나질 않는 거예요. 하루 전 일인데 기억이 나질 않아요. 내일은 내가 오늘 여기에 왔다는 걸 잊어버릴지도 모르겠고……."

할머니의 잦아드는 목소리를 듣고 있는 내 눈가에 나도 모르게 눈물이 또르륵 흘러내렸다. 시체 자세로 누워 있던 저만큼의 누군가가 나직이 말했다.

"에이…… 할머니! 기억 다 하시네요. 몇 년 전 일까지 방금 다 말씀하셨잖아요. 지난여름이 너무 더워서 피로하고 기운이 빠져서 그러신 거예요. 다시 힘을 내면 돼요. 어서 와 누우셔서 깊은 호흡 하셔요, 할머니!"

이어서 또 누군가 말했다.

"그래요, 좀 늦고 착각하고 잊어버리면 어때요. 할머니는 동생의 대장암도 낫게 하셨잖아요. 할머니도 괜찮아지실 거예요."

나는 시체 자세에서 실눈을 뜨고 문가의 할머니를 바라보았다. 할머니가 어찌할 바를 모르고 우리를 내려다보더니 매트도 깔지 않은 바닥에 사바 아사나 자세로 누웠다. 한 세계가 눕는 것 같았다. 나는 몸에 힘을 쭈욱 빼고 다시 눈을 감고 나도 모르게 깊은 복식 호흡을 했다. 할머니의 호흡이 안정되기를, 할머니의 마음에 평화가 깃들기를, 할머니의 요가가 계속되기를.

깊이 빠지지 않으려고 했다

처음 뉴욕에서 나의 에이전트에게 요가를 해온 시간이 그리 길면서 왜 글로는 쓰지 않느냐는 질문을 받았을 때 나도 의아했다. 내가 그렇구나, 라는 것을 그때야 알았다. 요가를 둘러싼 글을 쓰고 있는 지금은 그 이유를 조금은 알 것 같다. 나는 의식적으로 요가에 깊이 빠지지 않으려고 했다. 그저 자력을 잃어가는 나의 몸을 위해 무엇인가 하고 있다, 라는 자기 위안에서 더 깊어지지 않으려고 하면서 요가 생활을 해왔다는 생각. 아무것도 모른 채 요가를 시작하고 나서야 이 세계 안쪽이 얼마나 깊은지를 실감했다. 내가 점점 더 요가를 좋아하는 것도 겁이 났다. 저 안쪽으로 깊이 들어가면 나오고 싶지 않을 수도 있겠구나, 싶었다. 그건 지금도 마찬가지다.

한 비평가가 자신이 아무리 많은 책을 읽어도 그것을 글로 쓰지 않는다면 그 책을 읽지 않은 것과 마찬가지라는 말을 한 적이 있는데 그 말뜻을 금방 알아들었다. 나에게 글쓰기도 그런 것이다. 나는 어떤 이야기든 그걸 글로 쓰려고 마주했을 때에야 비로소 그것과 나와의 관계를 구체적으로 실감하는 사람이며, 문장으로 완성하고 난 후에야 그 시간을 내가 살아낸 것으로 받아들이는 사람이다. 글로 쓰려면 그 세계로의 깊은 몰입이 필요했던 것이다. 그러니까 내가 그동안 요가에 대한 이야기를 글로 쓰지 않았던 것은 요가로의 몰입을 스스로 피하고 있었던 게 이유였다. 깊이 몰입한 후 발생할 일들을 내가 두려워하면서 요가를 해온 것이다.

나는 그동안 놀봐수지 않고 과도하게 사용만 해온 몸이 반란을 일으키며 몰고 온 통증들 앞에서 몸을 위해 무엇인가를 하고 있다, 정도만큼만 요가를 해왔다. 날이 갈수록 요가가 정신 세계와 깊숙이 닿아 있다는 것을 느낄 때마다 나는 글을 써야 한다, 몰입하는 것은 소설 하나만으로도 벅차다, 며 요가의 세계로 깊이 빠지는 것을 막아왔다.

그건 잘한 일이었을까?

내 성격상 요가와 거리를 두지 않고 요가 속으로 깊이 들어갔다면 그 안에서 나오지 못했을 것 같으니 잘했다고 생각한 적도 있었으나 지금은 모르겠다. 잘하고 못하고로 가를 일이 아닌지도. 요가로의 완전한 몰입을 무의식이 이토록 막고 있었으니 그것에 대한 글을 쓰는 일도 되지 않았다. 안 쓴 게 아니라 못 썼던 것이다.

요가할 결심

　　마음이 약해질 때마다 나도 모르게 생각하는 친구 G. 아무 일도 할 수 없을 것 같을 때, 무거운 마음을 내려놓고 싶을 때면 생각나는 친구. 우리는 같은 학교를 다닌 적도 없고, 태생지가 같지도 나이가 같지도 않다. 일로 만났던 우리가 어떤 계기로 친구가 되었는지조차 잊을 만큼 세월이 흐르는 사이에 혼자 해결할 수 없이 뭔가가 꼬일 때마다 나는 G를 찾았다. G도 그랬을지는 의문이다. G의 직장이 있는 건물 아래 커피집에서 잠시 만나고 헤어질 때도 많았지만 그냥 G를 만나 얘기를 하다보면 안갯속 같던 일들의 실마리가 보이곤 했다.

G의 직장이 광화문에 있어서 나에게 광화문은 G가 있는 곳이기도 했다. 우리가 친구가 된 이후 나는 광화문에 나갈 일이 있을 때면 G에게 '광화문에 나가는데 커피 마실 수 있어?'라고 문자를 보내곤 했는데 그게 벌써 이십 년이 훌쩍 지났다. 앞으로도 오랫동안 광화문에 나갈 때면 그 친구에게 전화나 문자를 할 수 있으면 좋을 텐데 이제 친구가 은퇴를 앞두고 있다.

우리가 만났던 때는 『풍금이 있던 자리』를 출간했을 때이니 1993년이고 그때 우리는 삼십대였다. G는 가끔 말한다. 믿기지가 않아, 내가 한 직장에서 삼십 년을 넘게 일을 해왔다는 게…… . 나도 믿기지가 않는다. 『풍금이 있던 자리』를 쓰던 때로부터 이렇게 세월이 흘렀다는 게. 믿어지든 아니든 세월은 그렇게 흘러간다. G는 또 말한다. 나는 내가 한 회사를 이렇게 오래 다닐 줄 몰랐어. 그 말을 하는 G의 얼굴은 정말 몰랐다는 표정이다. 친구의 얼굴에 묻어나는 얼마간의 당황스러움, 쓸쓸함과 마주치게 되면 나도 모르게 G의 손을 가만히 잡게 된다.

세세히는 몰라도 G가 직장을 그만둘 위기 상황이 왜 없었겠는가. 그럼에도 불구하고 삼십 년 넘게 한 회사에서 일해왔다니…… . 존경받아야 할 일이라고 생각한다.

G와 오랜 세월을 함께하다보니 G의 친구 둘을 알게 되고 그들과도 친구가 되었다. G는 나에게 그들을 소개하며 편안한 친구들이라고 했다. 나의 주변에는 글 쓰는 동료들만 있으니 다른 일을 하는 사람들도 만나보는 게 좋을 것 같다고도 했다. 그 마음씀이 고마웠다. 그 말 때문이 아니라 나는 그들과 함께하는 시간이 참 좋았다. 그들과 함께하고 있으면 문득문득 이 사회는 그들 때문에 이만하게 유지되고 있다는 생각이 들곤 했다. 그만큼 그들은 어느 시간도 허투루 쓰지 않고 열심히 일하고 열심히 살았다.

어느 해이던가. 한 일 년쯤 우리 넷은 한 달에 한 번 요리를 함께 배우러 다니기로 했다. 어차피 한 달에 한 번쯤은 만날 텐데 그 시간을 이왕 뭐라도 배우는 생산적인 시간으로 만들자는 게 G의 생각이었다. G다운 제안이었다. G는 나보다 두 살이 많았고 G를 통해 만난 친구들도 각자 나이가 달랐으나 그냥 우리는 위아래 구분 없이 친구로 지냈다.

나를 뺀 세 사람 모두 직장인으로 퇴근 시간이 비슷했다. 그중 한 친구는 출판 일을 하는데 요리책을 편집한 인연으로 만난 공 선생님께 우리를 소개했다. 우리는 공 선생님의 스튜디오에서 한 달에 한 번씩 만나 요리를 배웠다, 라고 쓰고 나니 머쓱하다. 배웠다기보다 공 선생님이 준비해놓은 재료들을 가지고 꼼지락꼼지락 조리해서 식탁을 차렸다는 게 맞다. 두부 요리일 때도 있었고 스파게티일 때도 있었고 일본식 덮밥일 때도 있었다. 때로는 케이크를 구울 때도 있었다.

우리가 공 선생님이 준비해놓은 재료를 바탕으로 자르고 다지고 끓이고 굽고 버무려서 식탁을 차리면 공 선생님은 거기에 맞는 와인이나 정종들을 내놓았다. 나만 빼고 친구들의 공통점이 술을 안 하거나 딱 한 잔밖에 못해서 친구들 앞에 놓인 술잔에 채워진 술을 번갈아가며 내가 다 마셨지 싶다. 친구들의 얘기를 들으며 마시는 한 잔 한 잔은 참 맛있었다. 요리를 배운다기보다 정신없이 흘러가는 나날들 속에 찾아오는 소박한 휴식의 시간이었다. 이를테면 지금의 요가를 하는 것 같은 시간. 그 시간들은 우리에겐 쉼이었고 무엇을 만들든 다 맛있었다. 정말 이거 우리가 만든 게 맞아?! 감탄하며 음식을 맛있게 다 먹었다. 밤이 깊어기는 줄 모르고 한없이 얘기를 나누기도 했다.

공 선생님과 친구들은 『엄마를 부탁해』가 미국에서 출간되고 그 책의 편집자 로빈이 서울을 방문했을 때도 그녀를 초대해서 맛난 한국 음식을 만들어주었다. (이 기억은 방금 이 글을 쓰다가 떠올렸다. 나도 참 무심하다. 그 따뜻한 시간을 잊고 있었다니.) 공 선생님의 스튜디오에서 따뜻한 음식을 만들어 식탁을 차리고 자신을 환대해주던 친구들의 모습에 로빈은 원더풀을 외치며 놀라고 감동하고 행복해했다. 미국 편집자의 커다란 눈에 눈물이 글썽해질 정도였다.

공식적인 자리가 아니라 친구들이 만들어준 사적인 식탁을 바라보는 내 마음은 어땠겠는가. 이런 복을 내가 누려도 되나 싶을 정도였다.

어느 시기인가, 우리는 매달 돈을 십만 원씩 모으기도 했다. 언젠가 그걸로 여행을 갈 계획이었다. 돈이 꽤 모였을 때까지도 좀처럼 우리에게 여행을 갈 시간이 찾아오지 않았다. 모두들 그만큼 시간을 쪼개 쓰던 시절이었다. 그러다가 엉뚱하게 함께 홍콩에 가게 되었다. 『엄마를 부탁해』가 맨 아시아 문학상을 받게 되었는데 그 자리에 그 친구들이 함께했던 것이다. 계획되었던 일이 아니었다. 주최측에서 내게 여섯 명의 수상 후보 중 한 사람임을 알려오며 시상식 전날 밤에 있을 낭독회에 참석해줄 것을 청했다.

맨 아시아 문학상 시상식은 우리 영화제와 비슷하게 치러졌다. 수상자뿐만 아니라 후보자들을 함께 불러서 시상식 전날에 함께 낭독회를 했다. 수상자 발표와 시상식은 다음날에 있었고, 그 자리에도 후보자들이 모두 참석해 수상자

발표를 함께 들었다. 그러니까 수상자를 발표할 때까지 누가 수상하게 되는지 모른 채로 각국에서 온 작가들이 함께 모여 낭독회를 하는 것이었다.

친구들을 만났을 때 무심히 그런 일이 있다고 말했더니, 그럼 우리도 같이 가자고 했다. 돈이 다 모아졌는데도 함께 여행할 시간을 좀처럼 내지 못하고 있던 터라 시간이 맞을까, 했었는데 어떻게 된 건지 모두들 홍콩 가는 일정에 시간을 맞춰주었다. 그렇게 우리는 홍콩에 함께 갔다.

나는 혼자 갈 상황이었는데 친구들이 동반해줘서 든든한 느낌이었다. 마음 한편으로는 수상자가 아니라 후보자로 가는 것인데 친구들 셋이랑 같이 가네, 싶어 좀 우습기도 했다. 그런데 막상 홍콩에 가서 보니 다른 후보자들은 가족과 함께, 번역가와 함께, 일본 중국 인도의 후보자들은 그 나라의 기자들도 함께 와 있었다.

시상식 선날 낭독회는 아름다웠다. 홍콩의 야경이 내려다보이는 곳에서 후보 작가들은 모국어로, 통역사들은 영어로 낭독을 이어갔다. 이름은 들었지만 얼굴은 처음 보는 아시아 작가들과 그렇게 함께 작품 낭독을 하다보니 아, 이 작가들도 어디선가 각자의 책상에서 글을 쓰는 사람들이구나, 라는 연대감이 생기기도 했다. 친구들도 이런 낭독회는 처음이라며 즐거워했다.

낭독회를 마치고 호텔로 돌아오는 길에 G가 나에게 수상 소감을 생각해두었느냐고 물었다. 수상 소감? 나는 그냥 친구들과 여행 온 마음이라 수상 소감 같은 것은 생각도 않고 있었다. 내가 무슨 수상 소감? 했더니 혹시 모르니 생각해두는 게 좋을 것 같다고 했다. 내가 대수롭지 않게 여기자 G가 다그치며 수상 소감을 준비하게 했다.

친구의 재촉에 할 수 없이 당시 중국에서 북한 탈북자들을 다시 북으로 되돌려 보내고 있는 상황을 수상 소감에 담아 써두었다. 탈출해온 곳으로 다시 돌아가서 당할 그들의 고초에 대해서.

다음날 수상자 발표와 시상식이 있었을 때는 다른 나라에 출장 갔던 한국 에이전트가 일부러 홍콩에 들러 참석했다. 영사관에서도 참사관 한 분이 참석했다. 우리에게 주어진 테이블에 친구들과 빙 둘러앉아 주최측에서 준비한 만찬을 먹다가 나는 오랜만에 신은 매끄러운 스타킹에 자꾸 구두가 벗어져서 아예 스타킹을 벗어버리자 싶어 화장실에 다녀오는 순간 수상자 발표가 이어졌다. 그런데 내 작품과 내 이름이 호명되는 게 아닌가.

스타킹을 벗어버리고 자리에 돌아와 막 앉으려고 엉거

주춤하다가 그길로 상을 받으러 단상으로 나아갔다. G의 재촉으로 쓴 수상 소감이 정말로 쓰일 줄이야. 친구들과 여행 삼아 들른 시상식에서 내가 수상자가 될 줄은 몰라서 당황했으나 친구들도 얼결에 시상식에 참석하게 된 셈이라 웃음도 나오고 그들이 얼마나 진심으로 기뻐해주었는지…… 그들과 함께하지 않았다면 수상이 쓸쓸할 뻔했다.

우리는 그날 밤 홍콩 밤거리를 신이 나서 쏘다녔다. 친구들은 술도 못 마시는데 마치 술에 취한 듯 기분좋고 흥겹게.

홍콩에 다녀온 후 우리는 전보다 더 가까워졌다. 한동안 우리는 만날 때마다 홍콩 얘기를 했다. 그리고 매번 여행을 가자는 말을 나눴다. 하지만 모두 또 각자 자기 삶을 꾸려가기 바빴다. 어머니를 모시고 있었고, 아홉시까지 출근을 해야 했고, 수험생 아이들이 있었고……. 넷이 딱 맞는 날은 좀처럼 오지 않았다. 그렇게 날짜 맞추기가 힘이 드는데 그때 홍콩 가는 일은 어떻게 그리 척 맞을 수가 있었는지. 가족을 이루고 직장생활을 하면서 친구들과 여행을 떠나기란 얼마나 어려운 일인지. 그래도 우리는 또 한번 어렵게 시간을 맞춰서 이번엔 속초로 1박 2일 여행을 갔다. 한 친구가 운전을 맡아주었다. 그 자동차에 넷이 올라탔을 때부터 느껴지는 해방감. 아마 누구나 그 기분 때문에 여행을 할 것이다. 자동차가 서울을 벗어나면서부터 눈에 들어오는 풍경에 (사실 그닥 놀라울 게 아니었음에도) 연신 감탄을 하며 우리는 속초로 향했다.

치밀하게 계획 세우기를 좋아하는 친구 하나가 이미 알아놓은 막국숫집에서 먹는 점심은 또 왜 그렇게 맛있는지. 막 부쳐서 나온 감자전은 왜 그렇게 고소한지. 어렵게 길을 떠나면 모든 게 다 다시 보인다. 풍경, 사람, 이야기 속에서 도착한 속초의 바다를 우리는 실컷 만끽했다.

그리고 밤이 왔다. 술을 마시지 않으니 저녁을 먹고 바다 냄새를 맡으며 긴 산책을 하고 또 한껏 얘기를 나누었어도 여덟시 반이었다. 저녁 여덟시 반. 여행지가 아니라도 잠자리에 들기는 참 애매한 시간이다.

일상에서의 밤 여덟시 반은 얼마나 분주한가. 아직 저녁식사중일 수도 있고 내일 출근 준비, 저녁 먹은 뒤 설거지, 누군가 무엇인가를 알려오는 전화, 뉴스 보기, 아직 귀가하지 않은 그에 대한 생각……. 일상을 떠나온 우리 넷은 속초의 저녁 여덟시 반이라는 시간에 별 할일이 없었다. 노래 부르기를 좋아하지도, 술을 마실 줄도 모르는 내 친구들. 한 친구는 책을 꺼내들었고, 한 친구는 세수를 오래 했다. 한 친구는 무엇을 하고 있었을까? 말은 안 해도 각자 지금부터 우리 뭘 하지, 잠자기는 너무 이른데, 생각하고 있었을 것이다.

벽에 등을 대고 앉아 있던 내가 무심코 말했다.

"우리 요가할까?"

"요가?"

친구들이 모두 반색을 했다.

그때는 요가를 시작한 지 사오 년은 지났던 때다. 요가하는 재미에 흠뻑 빠져 있었기에 나로서는 요가할까, 라는 말이 자연스럽게 나왔다. 속초에서뿐 아니라 당시에 나는 요가에 빠져 친구들을 만나면 요가를 왜 해야 되는지에 대해 수다를 떨었고 친구들은 또 시작이네, 하는 표정으로 한참 들어주고 있다가 시간만 있으면 요가하면 참 좋을 텐데…… 하고 말았다. 그런 친구들이 여행지의 밤에 내가 요가할까, 툭 던진 말에 반응을 헤온 기었디.

나는 뜻하지 않게 그날 밤 친구들의 요가 선생이 되었다. 밤이니 수면에 좋은 자세라면서 아래를 향한 개 자세를 해보자고 했다.

"개 자세? 무슨 자세 이름이 그래?"

친구들이 이름이 이상하다고 해서 그러면 '아도 무카

스바나 아사나'라고 불러, 했더니 이번엔 뭐가 또 부르기가
그렇게 어렵냐면서도 두 팔을 앞으로 뻗고 머리를 아래로
하고 두 발을 뒤로 뻗어 발바닥은 바닥에 닿게 하고 상체를
바닥을 향해 내리는 동작을 취하게 하자 고요히 따라 했다.
발뒤꿈치가 바닥에 닿지 않아 당기고 아프다면서도 정성껏
따라 했다.

　매트도 없이 바닥에서 하는 요가였지만 친구들은 내가
구름다리 자세를 하기 위해서 편하게 등을 대고 눕습니다,
하면 세 명이 똑같이 정말 편하게 등을 대고 바닥에 눕고 무
릎을 세우고 발뒤꿈치를 엉덩이 가까이 당겼다. 턱을 쇄골
쪽으로 당겨주라고 하면 이렇게, 이렇게? 물으면서 잘 따라
했다. 그렇게 여행지에서 잠들기에는 너무 이른 저녁 여덟
시 반에 시작한 요가를 열시가 될 때까지 했다.

　내일 아침에 잠자리에서 일어나면 해보라며 교호 호흡
법도 알려주었다. 복식 호흡도 못하는데 무슨 교호 호흡? 하
면서도 친구들은 오른손 검지와 중지를 접고 오른손 엄지로
오른쪽 콧구멍을 막고 왼쪽 콧구멍을 통해 몸안에 있는 숨
을 깊게 내쉬었다. 다음날 아침에 일어나자 잠자리에서 내
친구들은 정말로 내가 알려준 대로 교호 호흡을 하고 있었
다. 쉽지 않네, 하면서도.

"이것도 한번 해봐……."

나는 약간 흥이 나서 아침에 일어나서 하면 좋다고 앞으로 계속 해보라며 테이블 자세에서 양손을 세 뼘 앞으로 가져가 가슴과 턱을 바닥에 대고 복식 호흡을 해보라고 했다. 턱을 닿기 힘들어하는 친구에게는 턱 대신 이마를 바닥에 닿게 해주었다. 한 친구는 바로 그 자세에서 왼팔을 오른쪽 겨드랑이로 넣고 오른팔을 들어올리는 트위스트까지도 거뜬히 해내었다. 그렇게 우리는 속초에서 요가를 했다.

세월이 흐른 후, 세 사람 중 한 사람은 일주일 중 사흘은 요가를 하기 위해 요가원을 찾는 사람이 되었고, G도 토요일 아침이면 인도문화원 요가 수업에 나가 요가하는 사람이 되었다. 나는 속초로 여행을 갔던 그 밤, 달리 할일이 없어 함께했던 그 요가 시간이 친구들로 하여금 요가할 결심을 하게 했다고 우긴다.

제주에서 요가

제주에는 수국이 피려고 준비중이다. 봉오리가 파랗게 맺혀 있다. 햇볕을 잘 받은 쪽의 수국 봉오리들은 크고 벌써 꽃잎에 붉은 기운이 돌고 있다. 문득 떠나온 서울 집이 떠오른다. 대문 옆의 목수국이 필 때는 그 곁이 찬란하다. 지난 일요일에는 내내 내린 비를 맞고는 바닥에 고개를 수그리고 있었다. 아직 질 때가 아니라 지지도 못하고 비의 무게를 견디지도 못한 채 고개를 푹 수그리고 있는 모습이 어째 나를 보고 있는 듯도 해서 빗방울을 털어주기도 했는데, 아마 내가 돌아갈 때쯤엔 다 지고 없을 것이다.

수국이 피려고 하는 길을 지나서 이번에도 제주에 오자

마자 다음날 '플레이스'로 가서 아침 요가를 하고 열흘 치를 미리 예약했다. 스태프가 제주 주민이냐고 물었다. 자주 바뀌는 스태프보다 내가 더 많이 그곳에 있었을 것이다. 왜 묻느냐 하니 주민이면 십 프로를 할인해준다고.

십 프로 할인? 주민이라고 할까……?

주민은 아닌데 자주 온다고 대답했다. 애매한 내 대답에 스태프가 잠깐 내 얼굴을 보더니 그러니까 주민은 아닌 거죠? 다시 물어서 예, 하며 웃었다. 제주 주민이면 좋겠다. 그러면 우도도 그냥 갈 수 있겠지. 비자림도 티켓 끊지 않고 들어가 비자나무 사이를 실컷 산책할 수 있겠고.

플레이스가 오픈하자마자 이곳에 자주 묵었다. 객실료도 부담이 덜하고 커피도 맛있고 객실 동과 동 사이에 초등학교 운동장만 한 공간이 있는데 아무데나 앉아서 그 공간을 관찰하는 재미가 있었나. 드럼통들이 여기저기 놓여 있는데 어느 하나 같은 게 없다. 크기는 똑같은데 색과 문양이 모두 다르다. 누군지 모를 아티스트의 수없이 오간 손길이 느껴져 하나하나 살펴보게 된다. 객실 동 한편으론 마치 누가 두고 간 것처럼 낡은 풍금 하나가 운동장 같은 공간에 툭 놓여 있기도 했다.

오래전 초등학교 교실에나 있었을 것 같은 풍금에는 얼핏 낙서같이 보이는 수많은 선과 글씨가 쓰여 있는데, 한번 시선을 주면 그 알 수 없는 선과 글씨의 뜻을 해독해보고 싶은 욕구에 그 앞을 떠날 수가 없게 되었다. 그러다가 하릴없이 객실 동과 동 사이를 거닐어보기도 하고, 괜히 농구대가 있는 곳으로 막 달려가 점프를 해보기도 했다.

　플레이스를 떠나 '종달리'라는 마을에서 지낼 때에도 나는 가능하면 아침마다 플레이스에 갔다. 성산 근처(종달리는 제주시에 속하지만 서귀포가 시작되는 지점에 있어서 종달리 해안도로를 지나다보면 여기서부터는 서귀포입니다, 라는 안내판이 나오고 곧 성산과 만나게 된다)에서 요가를 할 수 있는 곳을 찾아보다가 플레이스에서 막 개설한 요가 수업을 발견했기 때문이다. 아침 여덟시 반에서 아홉시 이십분까지 오십 분 동안 운영하고 있었다. 초보자를 위한 수업으로 여행자들 중심이어서 매일매일 오는 사람도 다르고 숫자도 달랐다. 어느 때는 네 사람이 모일 때도 있는데, 어느 때는 스무 명도 넘게 모였다. 몇 년 전만 해도 제주에서 요가를 할 만한 데를 찾기 어려웠다. 제주 시내에 나가면 되겠지만 내가 자주 머무는 곳은 제주 동쪽이라 시내까지는 차로 한 시간을 가야 했다. 아쉬운 대로 제주에서는 아침에 일어나면 숙소 침대

아래서 태양 경배 자세를 몇 세트 하는 걸로 대신하곤 했는데, 플레이스에 여행객을 위한 요가 수업을 개설했으니 반가울 수밖에. 어떤 사람들은 요가를 혼자 할 때 더 집중된다는 이도 있고 요가 수업에 갈 상황이 못 되면 유튜브를 틀어놓고 따라 해도 잘된다고 하는데 나는 그게 잘 안 된다. 처음부터 요가를 요가원에서 시작해서 그런 것인지 나는 사람들과 함께하는 게 좋다. 매트를 나란히 깔아놓고 적당한 간격을 두고 함께해야 집중도 더 잘된다. 요가를 모여서 할 때는 함께하는 사람들의 어떤 기운이 내게 전달되는 느낌도 받는다. 사람이 참 좋게 느껴질 때가 있는데 대부분 요가를 할 때 그렇다.

　　나날이 요가 자세가 더 후퇴하고 있다는 걸 느끼는데도 요가 수업을 마치고 나면 좋은 기운을 받고 어딘가로 출발하는 느낌을 받는다. 플레이스에서도 마찬가지였다. 요가 수업 예약은 객실 예약을 할 때 같이 하는데, 나는 얼흘을 묵으면 열흘을, 이 주일을 묵으면 이 주일을 예약해두었다. 가끔 못 가는 날도 있고 열흘 이용권을 끊었는데 일주일 만에 서울로 돌아오는 경우도 있어 미리 한 예약이 소용없게 되는 경우도 발생했지만⋯⋯ 플레이스의 요가 수업 덕분에 제주에서 사람들과 함께 요가할 수 있다는 게 얼마나 좋은지.

맨 처음 제주에 갔을 때가 생각난다. 나는 연재를 앞두고 있었고 계간지에 단편 두 편이나 청탁 받아놓고 있었다. 지금이야 그걸 한 계절에 다 할 수 없다는 것을 아니 조절했을 텐데 그때는 오로지 작품을 쓸 수 있는 기회가 온 것이 기쁘기만 하던 때였다. 등단 후 항상 작품 발표에 목이 말랐다. 등단은 했지만 새 작품을 발표할 기회는 일 년 후에 찾아왔다. 마음은 작품을 쓰고 싶은데 현실은 생존을 위해 종일 다른 일을 해야 했던 시절을 칠팔 년 겪고 나니 작품을 발표할 수 있는 기회를 놓치고 싶지 않았을 것이다. 어쩌든 해내고 싶었을 것이다.

글을 쓰기 위해 집을 떠나야겠다는 생각을 처음 했다. 무작정 가방을 꾸려 제주도로 향했다. 하필 제주도로 정한 것은 그 당시 내가 떠날 수 있는 장소로 가장 먼 곳이 제주도였기 때문이다. 그때 비행기도 처음 타봤다. 제주도까지 왔는데…… 이런 마음이 필요했다. 지금이야 제주를 쉽게 다녀올 수 있으나 그때는 드물고 귀한 일이었으니까. 지금은 만날 수 없게 된 친구가 동반해주었다. 인터넷이 일상인 시절이 아니었다. 숙소를 정하지 않고 집을 떠나온 터라 내가 어디서 지내게 될지 나도 몰랐으나 두렵지 않았다. 젊음이란 그런 것이기도 한가보다. 정해지지 않은 것이 두렵지 않은 것. 위험한 일이 생길지 모르는데도 턱 앞으로 나가보려는 마음이 앞서는 것.

제주에 도착해 공항에서 버스를 타고 해안도로를 돌다가 성산에서 내렸을 때는 밤이었다. 지금은 사라지고 없는 '제성장'이라는 이름의 여관에 들어가 친구와 하루를 잤다. 그리고 다음날 이른 아침에 일출을 보러 가자며 나서서 막 개장한 일출봉호텔이라는 곳을 발견했고, 그곳을 앞으로 지낼 숙소로 정하고 가방을 옮겼다. 이틀을 나와 함께 제주에 있어주던 친구가 서울로 돌아가고 그곳엔 나 혼자 남았다.

작은 호텔이었으나 마당이 넓었고 호텔 양편으로 당근밭이 펼쳐졌다. 밭에서 자라고 있는 당근 줄기를 처음 봐서 지금도 잊지 않고 있다. 바람이 불 때마다 갈라진 당근 줄기들이 바람 부는 쪽으로 흔들렸다. 당근밭 건너로는 KBS 송신탑이 보였다. 바람이 불면 일출봉 아래의 갈대들이 한쪽으로 쓸러 눕는 것이 훤히 내다보였다. 직은 테라스도 있었다. 매일 청소를 해주고 새 수건과 새 침대보를 깔아주는 게 처음엔 좀 귀찮았지만 곧 그 청결함이 좋아졌다. 청소할 시간을 주기 위해 일정한 시간에 룸을 비우고 바깥으로 나와 마을 식당에서 점심을 먹었다.

그곳에서 중편 한 편과 단편 하나, 그리고 『외딴방』 연재 1회분을 썼다. 어떻게 그럴 수 있었을까? 지금 같으면 꿈도 꾸지 못할 일을 그곳에서 두 달 지내는 사이에 해냈다. 장편 연재를 시작하면 단편을 쓰지 못할 거라 여겨 더욱 나를 다그쳤을 거라 짐작해본다. 혼자 고립되어 미친듯이 썼다는 게 맞다. 호텔 쪽에서는 청소를 하고 나는 점심을 해결하기 위해 정해둔 집에 가서 밥을 먹고(다른 식당엔 가지도 않았다. 식당 고르느라 시간 보내는 게 아까웠다) 돌아오면서 저녁에 먹을 우유나 빵을 사 가지고 들어왔다.

밤에도 다른 창으로 포구의 오징어배 전구들이 노랗게 반짝이는 걸 내다보는 것 외에는 호텔의 화장대를 책상 삼아 거기에 엎드려 글을 썼다. 눈동자가 빨개지고 혼미해질 때까지 쓰다가 쓰러지듯 잤고……. 아침엔 잠깐 로비로 나가서 내가 건재하다는 것(안 보이면 자꾸 문을 두드렸다. 그때만 해도 여자 혼자 장기 투숙하는 게 흔한 일이 아니었다)을 보여주기 위해 커피를 마시며 신문을 읽고 올라와서 점심 먹으러 나갈 때까지 또 썼다.

그때 잘했다고 말하는 게 아니다. 그때 어떤 욕망이 나를 사로잡고 있었는지를 자주 생각한다. 왜 그랬을까. 나는 왜 그렇게 앞뒤를 살피지 않고 미친듯이 글을 썼을까. 어떤 갈증이 나를 그렇게 몰아세웠을까. 사실은 그때 죽을 목숨이었는데 글을 쓰는 일에 휘몰리느라 부지불식간에 목숨을 부지한 것일까?

제주를 처음 찾은 지 이십일 년이 지난 후 피폐해진 마음으로 지난날 미친듯이 글을 쓰던 그 마을을 찾아간 적이 있다. 그때 막 개장했던 그 호텔의 그 룸에 가보면 그때의 새파랬던 나, 굶주린듯 글을 쓰던 나, 무슨 마음으로 살고 있었는지 짐작할 수 있을까 싶어서.

그곳은 그때의 그곳이 아니었다. 흔적을 찾을 길 없이 달라져 있었다. 이 골목 저 골목을 들어갔다 나오고 다시 들어갔다 나오기를 한나절이나 했어도 그때 내가 미친듯이 글을 쓰던 그 호텔을 찾지 못했다. 그렇게 찾았어도 찾아내지 못했다는 것은 사라졌다는 뜻이겠지. 눈이 벌게질 때까지 글을 썼던 그 호텔의 그 룸에 꼭 가보고 싶었다. 308호인지 306호인지는 정확히 기억나지 않으나 그 호텔만 찾으면 그 룸의 위치는 찾아낼 수 있을 것 같았다. 한때는 그 룸에 내 이름이 붙어 있었다고도 했으니. 하지만 당근밭도 사라지고 건물들이 새로 들어서고 새 길들이 너무 많이 생겨 내가 하루 한끼 점심을 먹던 그 식당조차 찾을 수가 없었다.

KBS 송신탑만 남아 있어 터벅터벅 그쪽을 향해 걸었다. 바람 부는 송신탑 앞에서 호텔이 있었음직한 방향을 바라보며 저기쯤인가 여기쯤인가 살폈으나, 어느 쪽에서도 일출봉 호텔은 찾을 길이 없고 새로운 이름의 숙소들이 우후죽순으로 들어서 있었다.

그리고 또다시 사 년이 더 흘러 처음 제주를 찾은 지 이십오 년 후의 아침에 나는 일출봉이 내다보이는 제주의 플레이스를 찾아가서 요가를 한다. 십오 년을 해왔으나 오늘도 초보자 수업에 들어가 함께 아기 자세를 취한다. 나의 불균형을 교정해보려고 어깨를 뒤로 보내고 엎드려본다.

돌아갈 수 있는 시간은 없다는 게 시간의 공평함이다. 깊은숨을 들이쉬고 내쉰다. 오늘은 다만 마음의 균형이 손바닥만큼이라도 유지되길 바라는 마음이 간절하다. 모두 여행자들이지만 오늘 여기 이렇게 함께 있어서 좋다.

서울에서 오래 직장생활을 하다가 어느 날 앞으로도 계속 이렇게 살아서는 안 되겠다는 생각에 제주에 내려와 요가를 만나고 수련을 쌓아서 이제는 요가를 가르치게 되었다는 선생님의 낮은 음성을 귀기울여 듣는 이유다.

나는 왔는데 가방이 오지 않았을 때

　가끔 사람들이 여행중에 가방을 잃어버린 경험을 이야기할 때가 있었다. 그 불편함과 우여곡절을 간접 경험하게 될 때면 안타까움과 함께 결코 그런 일은 겪고 싶지 않다고 생각하면서도 어째 나에게도 그런 일이 생기겠지, 싶은 예감이 들곤 했는데, 불행히도 이번에 그 예감이 들어맞았다.

　파리를 경유하여 도착한 리스본 공항에서 아무리 기다려도 가방이 나오질 않았다. 여행 가방 두 개를 분실물 센터에 접수하고 접수 번호를 받고 기다리니 신고 센터 직원인 포르투갈 청년이 가방이 파리 공항에 있다고 했다. 무슨 문제로 그리되었는지는 모르겠으나 나와 같이 서울을 떠난 가방이 파리에서 리스본행 비행기에 옮겨지지 않은 거였다. 다음 비행기로 가방이 리스본에 도착하면 내 숙소 리셉션으로 배달해주겠다고 했다.

가방 번호와 묵을 숙소 주소를 기입하고 택시를 타고 가방 없이 숙소에 투숙했다. 불안을 잠재우기 위해 마켓에서 칫솔과 치약을 구해서 양치질을 오래 했다. 자정 무렵에 이메일과 문자가 도착했는데 가방이 리스본 공항에 무사히 도착했고 숙소로 배달될 거라는 내용이었다. 그런데 이상하게도 문자도 메일도 가방 두 개가 아니라 한 개에 대해서만 얘기하고 있었다. 파리에서 나와 함께 리스본행 비행기를 타지 못한 가방은 두 개였다.

내심 이거 한 개만 오는 거 아니야…… 불안이 스쳤지만 설마 싶었는데, 아침에 리셉션에 도착한 가방은 믿기지 않게도 한 개였다.

포르두갈어를 포르투살 사람저넘 구사하는 이에게 신고 센터에서 받은 전화번호를 건네며 통화를 부탁했다. 신고 센터에서 하는 말은 나머지 한 개 가방에 대해서는 정보가 아직 없어서 다시 파리 공항과 소통해서 행방을 알아봐야 한다면서 오후 한시쯤 연락하겠다는 게 다였다. 이런 일을 처음 겪어서 이 미진한 대답에 마음이 온통 불만과 부정적인 생각으로 가득차는 데 일 분도 걸리지 않았다. 내 두 개의 여행 가방이 파리에서 리스본으로 오는 비행기에 옮겨 실리지 못한 후에 어떤 취급을 당했을지 생각하는 것도 기분이 울적한 일이었다.

　나도 모르게 에어프랑스에 대한 험담을 혼자 웅얼거렸다. 에어프랑스가 어떻게 일을 이렇게 허술하게 할 수 있단 말인가. 분명히 분실된 가방은 두 개라고 했고 가방 정보를 자세히 말하고 적어주었는데 그중 한 개만 보내고 나머지 한 개는 정보가 없다니? 도대체 내 가방은 어디를 떠돌고 있나? 서울에서 비행기를 타고 온 복장 그대로 미팅에 나가 일을 보고 있는 중에도 돌아오지 않는 가방 생각으로 일을 제대로 볼 수가 없었다.

　여행 가방을 꾸릴 때 내가 그 가방에 넣었던 물건들의 세목을 떠올려보았다. 미팅 때 입으려던 외출복과 매일 아침 먹어야 하는 약과 책과 고추장볶음과 또 뭐더라……. 기억을 더듬다가 요가 매트를 돌돌 말고 묶어서 가방에 넣었다는 것을 깨달았다.

　요가 매트를 여행 가방에 챙긴 것은 다른 여행 때는 안 하던 일이다. 요가 매트야 어느 도시에나 있고 필요하면 그 도시에서 구하면 되는데 왜 굳이 요가 매트를 챙겨서 가방에 넣었을까 생각해보았다. 요가를 시작한 뒤에 내가 맨 처음 겪은 일은 뜻밖에도 통증이었다. 요가를 시작한다는 것은 그동안 쓰지 않던 숨은 근육을 사용하기 시작한다는 뜻이기도 했던 것이다.

나의 등과 허벅지와 종아리 등은 요가를 시작한 삼 주가량 쑤시고 결리고 아파왔다. 그 통증의 강도가 만만치 않아서 요가가 나에게 맞지 않은데 내가 억지로 몸을 맞추고 있는 건 아닌가 생각될 정도였다.

그동안 나의 요가 선생님들은 숱하게 바뀌었지만 그 선생님들 말씀 중에서 내가 가장 기준으로 삼았던 것은, 사람마다 몸의 상태가 모두 다르니 남과 비교하지 말라는 것과 호흡과 함께 모든 동작들을 가능한 만큼만 하라는 것이었다. 남과 비교하기는커녕 나는 몸을 움직이는 일과 운전에 대해서는 남들과 비슷한 선상에 놓고 생각해본 적 없이 살아왔다. 몸의 움식임에 대해서는 나는 안 되는 사람이다, 운전에 대해서는 시비가 붙으면 따져보지도 않고 내가 잘못했을 거다, 가 나의 기준이었다. 거기에 요가 선생님의 '가능한 만큼' 하라는 말씀을 새겨들어 요가는 일관성 있게 그날그날 '가능한 만큼'만 했는데도 처음 요가를 시작하고 찾아온 건 통증이었다. 그 통증을 이해하고 받아들이는 데 시간이 걸렸다.

요가를 시작했을 때 사실 나의 몸은 그로기 상태여서 오버하고 싶어도 할 수가 없었다. 가능한 만큼만 따라 했는데 요가를 마치고 나면 내 몸은 풀리는 게 아니라 더 아프고 고통스러웠다. 오랜만에 산행을 하고 나면 다음날 엉덩이와 허벅지와 종아리가 당겨서 걷기 힘든 바로 그 상태였다. 모처럼의 산행 후 통증을 가장 빨리 치유하는 길은 바로 다음날 다시 산행하는 것이다.

요가도 비슷했다. 통증을 받아들이며 삼 주일쯤 계속 요가를 했더니 통증은 점점 옅어지다가 사라졌다. 한 달가량 되었을 땐 몸이 믿기지 않게 가벼워졌다. 그 몸의 가벼움에 감동하지 않았다면 나는 요가를 그만두었을 것이다. 하지만 통증은 사라진 게 아니었다. 어쩌다가 오래 집을 떠나 있게 되어 요가를 일주일 이상 하지 않고 지내다가 집으로 돌아와 다시 동네 요가원에 나가면 쉬었던 만큼 그 통증도 다시 시작되었다. 어김없이 다시 한번 그 통증을 통과해야만 괜찮아졌다. 그래서 생각해낸 것이 집을 떠나 다른 곳에서 지내게 되어도 그곳에서 요가를 계속하자, 였다. 그곳의 요가원을 찾아내 등록하고 평소와 비슷한 시간에 요가를 하려고 노력했다. 요가는 매트만 있으면 혼자서도 얼마든지

할 수 있지만 나는 요가원에 나가 사람들과 함께하는 것이 집중도 잘되고 호흡도 잘되는 편이라 이후부터 집을 떠나면 새로운 장소에서 요가원을 찾아내는 게 일이 되었다.

그동안 요가원 등록을 가장 많이 한 도시는 뉴욕이었다. 그곳에 사는 젊은 친구 L이 한번은 유니언 스퀘어에 있는 '룰루레몬' 매장에 나를 데리고 갔던 기억이 난다. 나를 "작가님, 작가님……" 이렇게 꼭 두 번을 부르는 L은 룰루레몬의 홍보대사인가 싶을 만큼 룰루레몬을 예찬하며 룰루레몬 요가복을 입고 거리를 활보하는 뉴요커들에 대해서 얘기해주었다.

룰루레몬 요가 바지를 입으면 엉덩이가 아주 탄력 있게 보인다고 말해서 나를 웃게 했다. L은 내가 웃자, 정말이에요, 룰루레몬의 요가복은 꼭 요가하기 위해서만 입는 옷이 아니에요, 라고 했나. 뉴요커들이 주말 아침이면 미치 약속이라도 한 듯이 룰루레몬 요가복을 입고 운동화를 신고 요가 매트를 어깨에 메고 친구를 만나 브런치를 먹기도 한다는 것이었다.

"요가는 안 하고?"

내가 묻자 L은 하하 웃으며, 제가 취재하진 않아서 정확하진 않지만요, 뉴요커들은 지금은 요가는 안 하지만 언젠가는 하고 싶고 지금도 요가를 하고 있는 것처럼 보이고 싶은 욕망을 갖고 있는 거 같아요, 라고 했다. 내가 그건 또 왜? 물으니 진보적이고 멋있잖아요, 라고 쾌활하게 답했다. L의 대답이 재미있어서 유쾌하게 활짝 웃었다.

'진보'라는 말이 요가 앞에 붙을 줄은 미처 생각을 못 했다. 여하튼 뉴욕에는 요가원이 다른 도시들보다 많다. 뉴욕의 요가원들은 서로 연계되어 있어서 등록한 요가원만이 아니라 취향에 따라, 혹은 그날 기분에 따라 요가원을 옮겨다니며 수업을 받을 수 있다.

명상을 좋아하는 사람들은 명상 시간이 더 길게 잡혀 있는 요가원을 찾으면 되고, 아사나에 더 많은 의미를 두는 사람들은 아사나 위주의 수업에 들어갈 수 있고, 호흡을 중요시하는 선생님이 좋을 때는 그 선생님이 진행하는 수업에 들어갈 수 있는 선택과 자유가 있다. 덕분에 어느 해 여름에서 가을로 넘어가는 무렵에 나도 첼시 쪽에 있는 요가원을 여러 군데 경험해본 적이 있는데, 나는 옮겨다니며 요가를 하는 것이 맞는 쪽은 아니었다. 하지만 잠시 머무는 방문객으로서 그 도시의 여러 요가원을 방문한 경험은 신선한 기억으로 남아 있다.

L은 나에게 뉴요커들은 요가를 하는 것보다 요가를 하는 게 멋있다고 생각하는 사람들이 더 많은 것 같다고 했지만, 내가 다녀본 뉴욕의 요가원 수업엔 언제나 사람들이 가득해서 정해진 시간에 조금이라도 늦으면 매트를 깔 자리가 없곤 했다. 그들 속에 섞여들어 숨을 들이마시고 내뱉을 때는 내게 그곳은 낯선 곳이 아니었다.

내가 이번에 여행 가방 안에 요가 매트를 따로 챙겨 넣었던 것은 잠깐씩 두 번 방문한 적이 있는 리스본에서 요가원을 본 기억이 없어서였다. 집을 떠나 있는 동안 어떤 식으로든 매일매일 요가를 하지 않으면 집으로 돌아가 다시 통증을 통과해야 한다는 생각에 요가 매트를 여행 가방에 넣었다. 리스본에서 요가원을 찾지 못하면 호텔 바닥에 깔아놓고 아침에 태양 경배 자세라도 열여섯 번 반복하자고 생각했는데, 그 요가 매트가 들어 있는 가방이 파리에서 행방이 묘연해진 것이다.

신고 센터에서 연락하겠다는 한시가 되기 전에 내 쪽에서 먼저 전화를 걸었으나 가방의 행방을 계속 찾고 있으니 여섯시에 다시 연락하겠다는 답변이었다. 여섯시가 되기 전에 또 전화를 하니 파리에서 가방을 찾았다고 했다.

요가 매트가 들어 있는 나의 가방은 리스본행 밤 비행기에 실릴 것이고 자정쯤 리스본에 도착할 것이고 배송 회사에서 다시 다음날 아침쯤 숙소 리셉션에 보낼 예정이니 확인해보라고 했다. 왜 이런 반복을 할까? 처음부터 두 개를 찾아 같이 보냈으면 좋지 않았느냐 말이다.

훅 치고 들어오는 저항심을 가라앉히려고 깊은숨을 들이쉬었다. 사라진 가방 중 한 개만 숙소로 돌아왔을 때를 생각해봤다. 나머지 가방은 나에게 돌아오지 않을 거라는 비관에 젖어 있던 순간이 떠오르자, 파리에서 리스본으로 오고 있다는 내 가방이 누가 내게 선물이라도 한 것처럼 여겨져 마음이 들떴다. 들뜬 마음을 가라앉히려 숙소 바닥 카펫에 등을 세우고 앉아서 교호 호흡(몸의 에너지가 지나는 통로를 깨끗하게 정화하기 위한 호흡)을 해본다.

리스본에 도착한 후 가방 때문에 사흘 동안 마음을 혹사시켰다. 스트레스가 가중되어 허리가 휘는 기분이었다. 왼쪽 콧구멍으로 호흡을 한 뒤 오른손 엄지로 오른쪽 콧구멍을 막고 마음속으로 하나 둘 셋 넷……을 세었다. 따라오지 않은 여행 가방 때문에 조급했던 건 마음인데 꼬이듯이 아픈 건 장이었다. 왼쪽 콧구멍으로 숨을 내쉬며 다시 숫자를 세어봤다.

요가를 시작한 후 내가 노력해도 안 되는 일이 있다는 것을 받아들인 듯했는데도 천만의 말씀이었다는 것을 깨닫는 일의 씁쓸함. 조급하게 굴고 들뜨기까지 하는 극단을 오가서 미안하다, 교호 호흡아.

텅 빈 거리에 퓨마가

십오 년째 아침이면 다니던 동네 요가원이 코로나19 바이러스로 인한 사회적 거리를 유지하는 일에 동참한다며 문을 닫았다. 요가원이 문제겠는가. 기업이나 공공기관도 재택근무를 택하고 대학은 인강을 시작하고 초중고 개학이 미뤄지고 있는 실정에 요가원에 가지 못하는 것쯤은 일도 아닐 것이다.

거기다 내 나라만이 아니라 세계의 다른 도시들이 봉쇄되고 일상이 셧다운된 나날이다. 감염으로 인한 사망자 수를 보면 아득해진다. 인파로 발 디딜 틈이 없던 미국 뉴욕 타임스스퀘어가, 프랑스 파리가, 이탈리아 베니스가 텅 비어 있는 모습을 보게 될 날이 올 줄이야. 바티칸의 부활절 미사도 신자 없이 인터넷으로 중계하는 일이 현실이 될 줄이야.

일상을 유지할 수 없게 되니 일상이 얼마나 소중했는지 깨닫게 된다. 참 보잘것없이 여겼던 일상. 어제와 오늘을 구분할 수 없을 정도로 비슷비슷한 나날. 매일 앉는 일하는 의자, 전화벨 소리, 흘러가는 시간. 입맛 없는 아침식사, 그게 그거인 것 같은 장보기. 세수 안 한 얼굴로 아는 이를 만났을 때 갖게 되는 누추함이 우리 일상에는 더덕더덕 배어 있기 마련이다. 그래도 그 별것 아닌 것 같던 일상을 바이러스에 빼앗기고 나니 문득 이제 그 일상으로 돌아갈 수 있기는 한 건가 싶어진다.

언제든 연락해서 점심을 함께 먹을 수 있었던 친구와의 약속, 책상에 앉아 있다가 버스를 타고 시내 영화관에 나가 영화를 관람할 수 있었던 시간, 어디든 가고자 하면 훌쩍 떠날 수 있었던 일들이 차단되며 자유롭지 않게 되자 대수롭지 않게 여겼던 일상들이 그리워진다. 가끔 외식을 하는 일도, 서점에 가는 일도, 마켓에 가는 일도 용기가 필요해지다니.

특별한 일이 없는 한 나는 아침 아홉시 반에는 요가원

에 있었다. 바닥에 매트를 깔고 머리를 묶고 가장 편한 자세로 앉아 수업 전에 복식 호흡으로 폐 밑에 위치한 횡격막을 움직여 확장과 이완을 반복했다. 턱을 몸 쪽으로 살짝 당겨야 목구멍이 좁혀져 숨이 깊어진다. 우짜이 호흡('우짜이'는 산스크리트어로 '승리'를 뜻한다. 승리자처럼 가슴을 펴고 당당하게 하는 호흡)을 반복하면 몸이 따뜻해지는 게 나는 좋았다.

여행중에도 가능하면 그 시간에 그 도시의 요가원에 나가려고 노력했다. 어느덧 아침 아홉시 반에 요가원에 나가 요가를 하는 일이 자연스러워져서 그러고 나야만 다른 시간을 비교적 무난히 사용하는 사람이 되어갔다. 그랬던 것이 요가원이 휴원을 하자 무슨 공백 속에 들어앉아 있는 느낌. 요가를 늘 공복 상태에서 해왔기 때문에 아침을 거르는 일 또한 자연스러웠는데, 요가원이 휴원을 하자 요가를 하지 않는데 아침을 먹지 않는 것도 이상해졌다. 오전에 늘 비어 있던 배 속에 아침이 들어가자 거북해서 온종일 신경이 쓰였다. 안 먹던 아침을 먹어보니 점심이 부담스러워졌고 저녁에도 입맛이 없었다. 안 되겠다 싶어 요가를 따라 할 수 있는 유튜브 채널을 검색해서 혼자서 따라 해보았다. 집중이 되지 않았다. 요가는 얼마든지 혼자 할 수 있는 일이라 여겼다. 사람들과 함께해도 결국은 혼자 하는 명상과 같은 거라고. 그런데 그것만은 아니었던 모양이다. 나에게 요가는 사실은 다른 사람들과 함께하면서 그 기운 속에 나를 실어보는 일이기도 했나보다.

사람들이 집으로 숨어들자 텅텅 빈 도시에 뜻밖에 야생동물들이 모습을 드러냈다고 한다. 코로나19 때문에 밤 열시부터 다음날 오전 다섯시까지 통행금지령이 내려진 칠레 산티아고에 퓨마가 사람 없는 보도를 활보하고, 콜롬비아 주택가에는 여우가 나타나고, 스페인 북부에는 곰이 밤거리를 어슬렁거리고, 일본은 사슴이 지하철역을 배회하고 입출항이 끊긴 항구에는 돌고래가 출현하고 해변에는 너구리가 어슬렁거린다고. 물의 도시 베니스에는 사람들이 찾지 않자 물이 깨끗해졌고 그 물을 찾아 백조가 나타났다고. 요가원을 가지 못하는 방황하는 마음으로 사람들이 사라진 텅 빈 거리에 나타난 야생동물 생각을 가끔 한다. 어떤 메시지를 전해주러 나타난 것만 같아서.

베를린에선 호흡만

나는 탐험을 좋아하거나 새로운 것에 격렬히 반응하는 사람이 아닌 것 같다. 아니다, 라고 하지 않고 아닌 것 같다, 라고 하는 것은 때때로 여행을 가서 보게 되는 사람들이나 풍경에 자주 넋이 나가는 편이기도 해서다.

그런 때를 제외하고는 나는 익숙한 것을 좋아한다. 식당에 가게 되면 내가 주문해왔던 것을 주문하고, 도서관에 가면 일단 내가 앉던 자리가 비어 있는지 확인해 그 자리에 앉는다. 일상 공간의 의자라든가 거울, 가방을 내려놓는 자리나 책상이 놓인 위치가 바뀌는 법이 없다. 이사를 해서 어떤 물건을 그 자리에 놓으면 그곳이 곧 그 사물의 자리가 되어버린다.

사는 집의 식탁에 의자가 여덟 개 있는데 그 식탁을 구한 지 십오 년 만에 내가 앉는 의자가 가장 먼저 못 쓰게 되었다. 처음엔 똑같은 의자였으나 내가 항상 그 의자에만 앉다보니 먼저 닳기 시작했다. 여덟 개의 의자 중 내가 앉는 의자의 모양만 날이 갈수록 표가 나게 낡아갔다.

나는 누가 내가 앉던 의자를 바꿔놓으면 다시 찾아 내자리에 놓고 앉곤 했다. 의자는 해지고 낡아가도 그 의자가 내 몸과 맞아 편안했기 때문일 것이다. 내 책상이 있는 서재보다 식탁에 앉아 있는 걸 좋아하다보니 식탁 의자를 사용하는 시간은 점점 더 길어져서 의자의 등 쪽이 해지기 시작했다. 나중엔 엉덩이가 닿는 곳이 뜯어지기까지.

가끔 집에 와서 시원찮은 모과나무에 약도 쳐주고 감나무에 거름도 주고 하는 오빠가 어느 날 의자를 하나 구해와서 이제 그기 비리고 여기에 앉아라, 했다. 등 쪽과 앉는 쪽이 뜯기고 파여 오빠가 사온 의자로 바꾸긴 했는데, 늘 앉던 의자를 버리지 못하고 다른 곳에 두었다.

처음에는 어떻게든 수리를 해봐야지, 저 의자 고칠 수있는 사람을 알아봐야지, 했다가 눈에 안 띄면 다른 일에 밀려 잊어버리고 다시 보이면 고쳐야지, 하는 그런 나날들.

사람이 이렇다보니 새로운 곳에 가서 글을 쓰는 일이 내게는 시간이 걸린다. 새로 생긴 북카페 같은 곳을 지나다보면 아, 나도 저기 앉아 글을 쓰면 좋겠다, 싶은데 그래 본 적이 없다. 어딘가로 작품을 쓰러 가려면 적응하는 날짜를 계산해서 가야 한다. 도착해서 며칠은 거기 책상이나 탁자에 앉아보고 주변 환경이 어떤지 배회하며 살펴보는 시간이 지나야……라고 쓰다보니 반문이 생긴다. 사실 나는 이렇다, 라는 게 정해져 있겠는가. 이것도 어쩌면 내가 나에게 들인 습관일 것이다.

작년에 파리에서 노화가의 작업실을 방문할 기회가 있었다. 빛을 그리는 분이었다. 그분의 작품들에서 새벽빛이 자주 느껴졌다. 새벽에 작업을 많이 하시는구나 싶어서 작업을 주로 언제 하시느냐 물었더니 짐작대로 새벽이라고 하셨다. 그분은 언제나 새벽 세시에 잠자리에서 일어난다고 해서 저도요, 했더니 왜 그렇게 일찍 일어나요? 되물으셔서 새벽이 좋아서요, 라고 얼버무렸다. 이십 분 정도 잠자리를 정리하고 차를 한 잔 마시고 아침까지 작업을 한다고. 사십 년 동안 지켜온 작업 시간이라고.

"여행을 하실 때는요?"

"기상 시간은 어디에 있으나 똑같아요."

그분의 대답을 듣는데 내 마음이 물끄럼해졌다. 파리에서 두 시간쯤 떨어진 곳에 시골집이 있는데 그곳에서 지낼 때도 마찬가지고 한국에 들어와 지낼 때도 마찬가지라고. 파리에서나 프랑스의 시골집에서나 한국에서나 작업을 할 수 있는 환경을 만들어놓았기 때문에 달라질 게 없다고.

나 또한 내가 소설쓰기에 집중할 때면 그분과 마찬가지로 새벽 세시쯤 잠자리에서 일어난다. 아침 아홉시까지는 책상에 앉아 있는 편이다. 그러나 그분처럼 어디서나 그렇게 되진 않는다. 익숙한 내 책상이 있는 집을 떠나게 되면 바로 그 리듬이 깨진다. 그 리듬을 회복하려면 그곳이 눈에 익을 때까지 여러 날을 소요해야 한다. 그곳의 시간에 적응하고 그곳의 탁자에 익숙해지는 시간이. 그런데 그분은 어디에 있든 언제든 새벽 세시에 잠자리를 정리하고 작업에 들어가는 일을 사십 년 동안 해오셨다고.

지난여름 7월 19일에서 8월 16일까지 베를린에 있었다. 베를린 숙소에 도착해서 바로 근처에 요가원이 있는지 찾아보았다. 서울 내 집에서처럼 가까운 곳에는 없었고 어디든 1.5킬로 정도는 걸어가야 했다. 요가원 리스트를 살펴보는 기준은 아침 아홉시 정도에 수업이 있는지와 영어로 진행되는지를 확인하는 것이었다. 영어도 잘 못 알아듣지만 그래도 독일어보다는 낫겠지 싶은 마음. 인터넷으로 위치를 확인하고 발품을 팔아 요가원을 찾아갔다. 숙소에서 가장 가까운 곳 먼저 가보았는데, 서울로 치면 동네 주민센터 같은 곳이었다. 주변이 강변이고 나무들도 많고 자전거를 세워놓을 수 있는 마당 같은 공간도 넓어서 마음에 들었는데, 모두 휴가를 간 것인지 건물에 아무도 없었다. 한참을 인기척이 있기를 기다려보았으나 허사였다.

그 허사를 시작으로 여러 번의 허사가 이어졌다. 구글맵의 길 찾기를 이용해 찾아가보면 아무리 초인종을 눌러도 열리지 않는 문들이 여럿이었다. 시간표까지 확인해서 문을 열고 닫는 시간을 맞춰야 했는가보다는 생각을 뒤늦게 했다.

닫힌 문 앞에서 되돌아나오기를 몇 번 하다가 깨달은 것은 베를린엔 요가원만큼이나 '보디 밸런스'라는 이름의 무용 스튜디오도 많다는 것. 나중에 베를린을 잘 아는 어린 친구에게 베를린은 요가원보다 무용 스튜디오가 더 많은 도시 같다고 했더니 베를린이 현대무용이 발달한 도시라 그럴 거라고 했다. 마땅한 요가원을 못 찾으면 무용 스튜디오 수준이 높은 도시이니 이번에는 새로운 시도를 해보는 게 어떠냐고 권했다.

　내가 무용을?

　웃음이 나와서 혼자 여러 번 웃었다. 무용 스튜디오 경험은 신선한 일이긴 할 것이다. 무슨 요청이 들어왔을 때 안 해본 일이면 일단 수락하는 편인 친구 생각이 났다. 새로운 경험을 해볼 기회로 받아들이는 그녀라면 요가원을 찾다가도 분명 무용 스튜디오로 변경을 했을 텐데, 어쩌랴, 나라는 인간은 그 반대이다못해 베를린에서도 서울에서와 비슷한 시간대에 요가할 수 있는 요가원을 찾고 있으니.

　요가원 정하는 일을 여러 번 실패하고 다시 찾아가본 곳에서 1회 체험을 할 수 있는 티켓이 있으니 시도해보라고 권유했다. 눈이 반짝했는데 어떻게 요금을 책정하는지는 모르겠으나 1회 체험은 18유로이고 4주로 짜인 수업은 39유로였다. 1회 체험으로는 비싸다는 생각이 들고 4주에 39유로는 또 시나치세 적은 액수같이 느껴졌다. 게다가 그곳은 숙소에서 꽤 멀어서 생각해보겠다고 하고서 나왔으나 그곳에서 요가원에 1회 체험 프로그램이 있다는 것을 알게 된 것은 나름 보람이었다.

　다음날 숙소에서 900미터만 가면 되는 요가원을 방문했을 때 내가 베를린에 사는 사람이 아니고 여행자라고 하니 또 1회 체험을 권유했는데, 비용이 10유로였다. 그렇게 해서 베를린에서 첫 요가를 해보게 되었다.

바로 수업이 시작되어 클래스 룸으로 들어섰는데 벽에 밧줄들이 달려 있어서 깜짝 놀랐다.

밧줄?

갑자기 긴장이 되어 어쩌나 하고 있는데, 낯선 이방인인 나를 관찰하고 있던 옆의 독일 할머니께서 내게 매트를 가져다주고 방석도 가져다주며 앉으라고 손짓하고 미소를 지었다. 둘러보니 젊은이는 거의 없고(나도 이제 젊다고는 할 수 없다) 대부분 할머니들이고 어쩌다 할아버지 몇이 섞여 있었다. 그래, 1회 체험이니 어디 해보자, 깊은숨을 한 번 쉬고 베를린에서 첫 요가 수업에 임했다.

알아들을 수 없는 독일어를 들으며 옆의 친절한 할머니를 살펴보며 따라 할 수 있는 데까지 따라 했는데, 아사나들이 아쉬탕가인지 하타인지 인인지 구분이 가질 않았다. 그래도 따라 했다. 나중엔 모두 벽으로 가서 허리에 밧줄을 묶고 그에 의지해 바닥을 향해 고개를 숙이는 동작도 했다.

밧줄을 이용한 동작은 이십 분 넘게 이어졌는데, 이게 요가일까 싶은 의문이 들 정도로 애매해 보였다. 그러나 곧 이건 체험이라고 다독이고, 또 한편으로는 내가 요가에 대해 알면 얼마나 알까 싶어서 이게 요가야? 싶은 마음을 다독이며 독일 할머니들이 하는 대로 따라 했다. 그렇게 시작된 1회 체험을 숙소 근처의 요가원들에서 몇 번 더 시도해보다가…… 나는 요가원에 나가 요가하는 걸 포기했다. 대신 요가 매트를 하나 구입했다. 탐험이나 새로운 것보다는 일상적이고 익숙한 것을 좋아하는 내게는 1회 체험으로 이 요가원 저 요가원을 다니는 일이 역시 맞지 않았던 것이다.

밧줄이 등장하는 요가가 낯설었어도 그곳에 계속 나갔다면 나는 이내 익숙해졌을 것이다. 그랬다면 이게 요가일까, 하는 의문은 가지면서도 요가원에서 요가를 계속했을 텐데. 1회 체험을 여러 곳에서 해보자는 판단은 결국 실패로 돌아갔다.

대신 새벽 세시에 숙소 바닥에 요가 매트를 펼쳐놓고 복식 호흡을 하기 시삭했다. 요가원을 다니는 것은 포기했지만 숨은 바르게 쉬고 있자는 마음으로.

인도에서는 호흡을 신과 인간을 연결해주는 것으로 보기도 한다. 스톱워치를 맞춰놓고 복식 호흡을 시작으로 가능한 한 일 분에 백 번의 정뇌 호흡(뇌로 숨쉬는 호흡)을 하는 중에도 들이마신 숨을 토해내는 교호 호흡을 거쳐 풀무 호

흡(풀무질하듯 급격하게 숨을 마시고 내쉬는 호흡)으로 이어가
는 중에는 생각이란 것을 하지 않으려고 했다.

　내 호흡이 신과 연결되어 있다면 물어보고 싶은 말이
너무 많아질 것 같아 그저 호흡을 하는 그 순간에라도 무거
운 마음을 내려놓으려고만 했다.

나무 자세가 흔들흔들했다

내가 다니는 요가원은 분반을 하지 않았다. 초급반, 중급반, 고급반 구분 없이 새로 들어온 사람들과 오래된 사람들이 함께한다. 젊은이들보다는 나이든 사람들이 많이 사는 동네라서 새로 요가를 하기 위해 등록하는 사람 또한 대부분 나이든 이들이다. 처음 시작했을 때 나는 마흔이었다. 그럼에도 요가원 회원들의 나이가 대부분 나보다 많아서 내가 젊은 줄 알았다. 그동안 요가원을 운영하는 원장이 몇 번 바뀌었고, 오늘 새로 오는 사람이 있듯이 그동안 함께해오던 사람들이 하나둘씩 빠져나가더니, 처음 같이 시작한 사람은 이제 한 사람 남아 있다. 그러니까 지난 십오 년 가까이 그분과 나는 우리가 사는 동네 요가원에서 일주일에 서너 번씩은 만나온 셈이다. 조각을 하는 분이라는 것, 학교에서 이제 은퇴를 했다는 것 이외엔 별로 아는 게 없이 그 세월을 같은 공간, 비슷한 시간대에 함께 요가를 해온 우리는 이 요가원에서 떠날 뻔한 위기를 같이 겪기도 했다.

요가를 처음 시작할 때와는 달리 나는 언제부턴가 서울을 한 달씩 떠나 있는 경우가 잦아졌다. 일 때문일 때도 있었고, 자발적 고립을 위해서인 적도 있고, 해외 체류가 길어질 때도 있었다. 어디에 있든 서울 우리 동네의 요가원 생각을 자주 했다. 아홉시 반에서 열시 사십분까지 요가원에 가는 일이 내가 오전에 하는 일로 굳어지면서 나는 집을 떠나 어디에 머무르든 그 시간이 되면 요가해야 된다는 생각을 했다. 머무는 도시에서 운좋게 등록할 수 있는 요가원을 찾아내면 거기서도 가능한 한 아침 아홉시 반에 가까운 수업에 들어가곤 했다. 이 말을 여러 번 반복해서 하는 것은 코로나19가 흐트러뜨린 이 습관을 계속해나가고 싶어서다. 인생은 습관이 완성시킨다고도 하는데 코로나19로 위기를 맞은 이 습관을 놓고 싶지 않다.

한번은 서울을 떠났다가 돌아오니 함께 요가를 시작했던 사람들이 거의 보이지 않고 모르는 얼굴들뿐이었다. 호흡을 중요시 여겨서 수업 앞뒤로 호흡 시간을 많이 가졌던 원장 선생님의 시간을 화목 수업 선생님이 맡아 하고 있었다. 그사이 원장 선생님은 떠나고 화목 수업을 했던 선생님이 요가원을 인수한 모양이었다. 오랫동안 월수금 수업을 맡아 했던, 내가 좋아한 선생님도 보이지 않았다. 나중에 들어보니 새로 요가원을 인수한 분과 월수금 수업을 했던 선생님과 사이가 원만하지 않았는데 트러블 끝에 월수금 선생님을 그만두게 했다고 했다. 그 여파로 오랫동안 그곳에서 요가를 해온 사람들이 거의 월수금 선생님을 따라 나갔다는 것이다.

나도 좋아하던 선생님이라 그 선생님이 요가원을 새로 오픈한 것이냐고 물으니 요가원 오픈은 알아보는 중이고 현재는 데크가 깔린 넓은 테라스가 있는 회원의 집에서 수업을 하고 있다고 했다. 왜 그렇게까지 되었는지는 알 수 없었다. 개인적으로 그 선생님의 월수금 수업을 좋아했기 때문에 나도 옮겨가야 하나? 잠시 흔들렸으나 나에겐 언제나 부담 없이 아홉시 반이면 쉽게 집에서 걸어 내려올 수 있는 요가원의 위치도 중요했다. 게다가 회원의 집에서 수업을 한다니 불안하게 느껴졌다. 거기서 언제까지 계속할 거란 말인지. 나는 새로 온 월수금 선생님 수업에 적응하기로 했다.

내 예상은 맞았다. 두 달쯤 지났을 때 몇 사람이 다시 요가원으로 돌아왔다. 회원의 테라스에서 더이상 수업을 할 수 없게 되었고, 월수금 선생님이 요가원을 오픈하는 것도 어렵게 되었다고 했다. 돌아온 사람들 속에 조각가 선생도 있었다. 가끔 그때 돌아오지 않은 다른 사람들은 어떻게 되었는지 궁금할 때가 있다.

우리는 단정한 단발머리에 목소리가 낭랑한 새로운 월수금 선생님 방식에 적응해갔다. 다른 사람은 모르겠으나 내게는 요가 선생님이 바뀌는 게 나쁘지만은 않다. 새로운 선생님의 방식에서 그동안 알지 못했거나 바르지 않은 상태에서 굳어지려던 자세가 교정되기도 했으니까.

새 원장이 된 분은 여전히 화목을 맡아 수업을 했다. 새 원장으로 인해 크게 달라진 건 없었을 것이다. 다만 내게 새 원장에 대한 잡념이 생겼을 뿐. 내가 요가를 계속할 수 있었던 이유 중 하나는 요가를 하는 동안에는 오로지 그 순간에 집중할 수 있어서이기도 했는데, 잡념이 생기자 그게 되지 않았다.

내가 특별히 좋아하는 아사나 중에 나무 자세가 있다. 한 발로 서고 한 발은 서 있는 다리 허벅지에 발바닥을 댄 채 두 손을 위로 높이 뻗어 합장하며 균형을 유지하는 자세다.

바람에 나무가 흔들리듯이 처음엔 흔들흔들거리지만 마음을 집중하면 디딘 발이 튼튼한 뿌리가 되어 곧 나무처럼 서 있게 된다. 난이도가 높은 아사나들에 비하면 아주 간단하지만, 마음에 잡념이 끼어들면 십 초도 서 있을 수가 없다.

새 원장에 대한 잡념이 생기자 나는 나무 자세를 유지할 수가 없었다. 흔들흔들거리다가 곧 무너지곤 했다. 새 원장이 평소에 내성적이고 수줍음이 많은 사람이라 여겼던 것의 반감이 작용했을 수도 있다. 작은 목소리에도 불만을 가지지 않고 내가 알아들으려고 귀를 기울였고, 순하고 친절해 보이는 눈이 좋아서 가끔 응시하기도 했다. 그런데 원장이 되자 월수금 선생님을 그만두게까지 했다고? 보기와는 다른 사람이었나? 잡념이 따라다니더니 화목 수업에 빠지게 되는 날까지 자주 생겼다. 다시 생각해보면 지하철이 닿지 않는 동네 요가원의 경제 상황은 안정적이었던 때가 없었다. 원장이 바뀐 것만도 네 번이었다. 월수금 선생님을 그만두게 한 건 그 때문일지도 모를 일인데도 한번 끼어든 잡념은 계속 나의 요가를 방해했다.

그렇게 새 원장 선생님 수업에 빠지게 되는 날이 많아지는 중에 갑자기 아침반 모든 수업을 새 원장이 하는 걸로 정해졌다. 오랫동안 정든 선생님을 잃고 새로 온 선생님과 적응을 마쳤는데 그 선생님도 그만둔다는 것이었다.

　　우리 몇몇은 저항했다. 이렇게 되면 저녁반은 선생님이 두 분이라 다른 방식의 수업을 선택할 수 있는데 아침반은 원장 선생님 수업만 받을 수밖에 없으니 불공평하지 않으냐부터…… 수업을 더 하고 싶어 그런 것이면 화목을 다른 선생님께 주고 원장 선생님이 월수금을 맡으면 되지 않으냐, 아니면 저녁반 선생님이 아침반으로 오기도 하고 원장 선생님이 저녁반으로 가면 어떠냐는 과한 제안까지 해가며 아침반을 새 원장이 모두 맡는 것에 반대했으나 허사였다.

　　"새 원장님이 절이고 우리가 중인가봐요, 싫으면 중이 떠나야지요."

　　가장 오래된 회원인 나와 조각가 선생은 낙담하며 처음으로 요가원 바깥에서 만났다. 동네 다른 곳에 개업중인 필라테스와 요가를 겸한다는 곳에서 뿌린 전단지에 나온 장소를 찾아갔나. 우리는 그들의 설명을 들으면서 새 원장 곁을 떠날 수 없다는 것을 바로 알았다. 나에게는 그곳에는 아침 아홉시 반 수업이 없었고, 조각가 선생에게는 차를 세워둘 주차장이 없었다.

　　이미 한번 떠났다가 돌아온 조각가 선생은 며칠 뒤에, 나는 그보다 더 며칠 뒤에 새 원장이 아침반을 모두 지도하는 요가원에 다시 나갔다. 새 원장은 자신의 뜻대로 모든 아침반을 생기 있게 이끌어갔다. 우리들의 저항이 무색하게 요가원 아침반은 아홉시 반에서 오 분만 늦어도 매트를 깔 자리가 없을 정도로 사람들이 꽉 찼다. 조각가 선생과 나는 가끔 서로 눈을 마주치며 쓸쓸하게 웃었다.

아사나도 사람 인연처럼

소설을 쓰고 요가를 하는 후배가 지난 3월에 부다페스트로 떠났다.

그냥 나처럼 요가를 하는 그런 후배가 아니다. 그녀는 자신의 성장기와 요가에 대한 책을 쓰기도 했고 요가를 가르친 적도 있고 겨울이면 인도로 건너가 한두 달씩 요가 수련만 하고 오는 진정한 요기니이다. 후배를 만나면 귀기울여 들을 게 많아 나도 모르게 배우는 것도 배가된다

후배가 부다페스트로 떠나게 된 계기는 서점의 문화재단에서 운영하는 해외 레지던스 프로그램에 선정되어서다. 그런 프로그램이 있다는 것도 후배를 통해서 알았다. 후배

는 삼 년 동안 지원서를 냈는데 세번째에야 선정된 거라며 기뻐했다. 진심으로 자신에게 생긴 일에 투명하게 기뻐하는 사람을 보면 옆에 있는 사람도 덩달아 에너지를 전달받는다.

후배는 자신의 첫 유럽 여행지가 부다페스트라는 것에도 의미를 크게 두었고, 인도에서 요가 수련할 때 만난 로라라는 친구가 헝가리 출신으로 부다페스트에 살고 있는데, 그 로라가 요가원을 운영하고 있어서 그곳에서 요가를 할 생각에 상기되어 있었다. 정말 어서 가고 싶은 표정이었다. 코로나19 때문에 일정에 차질이 생기지 않을까 염려했는데 후배는 3월에 무사히 부다페스트로 떠났다.

입국 제한을 하기 전이어서 후배는 부다페스트에 잘 도착했다. 날씨도 한국보다 따뜻하고 좋다고 했다. 친구 로라를 만나서 그의 집에서 치즈와 와인을 마시는 사진을 보내오기도 했다. 도착하자마자 로라의 요가원에 등록해서 비오는 날 아침에 요가원에 도착했다는 문자와 함께 그곳 사진을 찍어 보내주었다.

나는 즐거운 마음으로 요가원 앞에 걸린 헝가리어 간판을 확대해서 들여다봤다. 내 책 중 『엄마를 부탁해』가 헝가리어로 번역되었는데 부다페스트 서점에 그 책은 잘 있을까, 싶은 생각이 스치기도 했다. 무엇보다 3월의 서울은 코로나19가 기세를 떨치고 있던 때라 서울을 잘 빠져나가 부다페스트에 무사히 도착한 후배가 다행스럽게 여겨졌다. 그녀의 설렘과 기대가 부서지지 않고 진행되었다는 것에 대한 안심이었다.

일주일 후쯤에 날아든 소식은 부다페스트에도 코로나19가 창궐해서 도시 봉쇄령이 내려졌다고 했다. 상점들은 문을 닫고 다른 도시로의 이동이 금지되어 부다페스트에만 있어야 한다고. 비행기도 뜨지 않고 배도 출항을 멈추었다고. 더불어 요가원도 나갈 수 없게 되었다고.

첫 유럽 여행인데 코로나19가 후배를 부다페스트라는 도시의 낯선 방에 가두어버렸다. 후배가 할 수 있는 일은 다뉴브강으로의 산책뿐이라고 했다. 강변 산책을 하다가 우연히 한국어가 들리면 그렇게 반가울 수가 없어 자신도 모르게 귀를 기울이게 된다고 했다. 귀국 때를 놓친 유학생들이 지겨워서 더는 이곳에 못 있겠다고 하는 소리를 들으며 다뉴브강을 걷고 있다보면 나는 왜 이곳에 와 있는가…… 하는 생각이 든다고. 나는 서울 생활이라고 별다를 게 없다, 사회적 거리를 유지하느라 만남도 없어지고, 내가 다니던 요가원도 휴원했으며, 학생들도 인강으로 대체 수업을 받고 있고…… 여기도 그곳의 고립 생활과 다를 바 없음을 알렸다.

후배는 낯선 방의 책상에 앉아 서울에서 시작한 장편소설을 이어쓰기 시작했다고 알려왔다. 레지던스 프로그램을 진행하는 쪽에 에세이를 써서 보내는 일도 차분히 해내고 있다고.

요가원에 나가는 대신 혼자서 요가와 명상을 하고, 한국 음식이 생각나면 가져간 고추장으로 야채를 넣고 비벼 먹고, 가끔 곰취 같은 쌈 생각을 하다가 다시 글을 쓰고, 저녁이면 다뉴브강으로 산책을 나가는 단순한 생활을 하고 있다고.

나도 가끔 산책길에 만나는 상추밭이나 점점 푸르러지는 부암동의 백사실 계곡의 풍경을 사진 찍어 보내주었다. 다시 시작한 요가원에 나간 첫날, 누군가 바꿔 신고 간 운동화 이야기도 해주었다.

그렇게 두 달이 지났을 때, 후배는 장편소설을 다 썼다는 문자를 보내왔다. 코로나19가 가져온 낯선 도시의 감금 생활이 후배로 하여금 장편소설을 완성하게 한 것. 그 소식을 듣자마자 부러움이 풍선처럼 가득 차올라서 곧 터질 지경이었다. 후배가 장편소설을 완성하는 사이에도 운동화를 바꿔 신고 간 이가 누구인지 알 수 없었다. 칠판에 내 연락처를 써두어도, 요가 선생님이 수업 시간마다 공지를 해도 연락이 없었다. 바뀐 운동화를 신고 요가원에 가서 수업을 마치고 돌아와 우편함을 열었더니 후배에게서 손편지가 와 있었다. 반갑고 설레는 편지. 후배는 "제가 유럽 여행은 처음이라서요. 유럽에 가면 소중한 분들에게 엽서 보내고 싶은 로망이 있어서……"라고 엽서를 보낸 이유를 밝혀서 나를 웃게 했다.

항공 노선 봉쇄가 풀리지 않아 후배는 예정보다 한 달이나 늦게 서울에 들어와 자가 격리 생활을 하고 있다. 내가 요가원이 휴원하는 사이에 몸이 굳어서 기본적인 아사나도 제대로 되지 않는다고 하자, 후배는 너무 답답해하지 말라고 위로했다.

잘 안 되는 것도 자기 것으로 받아들이며 계속해나가는 게 중요하다고. 요가 아사나라는 게 사람 인연처럼…… 오고 또 가고 그러더라고요, 라고.

한계를 넘어가봐야 했을까

엊그제 만난 친구가 "요가는 계속하지?"라고 물었다. "이젠 정말 잘하겠다. 요가 선생 해도 되지 않아?" 하는데 꼭 놀리는 것 같았다. 요가를 해온 햇수로 보면 그래야 될 것 같은데 나의 요가 실력은 나날이 줄고 있다. 예전에는 아니 예전이랄 것도 없이 작년까지만 해도 잘되던 아사나들이 지금은 유지하는 데 인내를 요구한다. 친구에게 작품 쓴 지 오래되었다고 계속 잘 쓰게 되는 건 아니잖아, 요가도 그거와 비슷해, 하며 웃을 때 어째 뜨끔했다.

가끔 만약 내가 지금 신춘문예에 작품을 투고한다면 당선될까 하는 생각을 해볼 때가 있다. 어디까지나 가정이지만 솔직히 자신이 없다.

　　나는 스물한 살 때 처음으로 한국일보 신춘문예에 투고했다. 마감일 우체국 소인까지 유효하다는 가이드라인을 알고 있었음에도 믿지 못해서 직접 신문사에 가서 투고함에 넣고 온 기억이 난다. 그때는 원고지에 작품을 썼다. 펀치로 구멍을 뚫어 검은 끈으로 묶었던 기억. 원고를 투고함에 넣을 때 설레던 마음이 고스란히 남아 있다.

　　크리스마스 무렵에 당선자에게는 연락이 온다는데 그날이 지났어도 아무런 소식이 없었다. 처음 투고해본 것이라 별로 실망하지도 않았다. 다만 어떤 작품이 당선되었는지 알고 싶어 1월 1일 자 신문(그 당시는 오로지 신춘문예 당선작을 읽기 위해서 새해 첫날 신문가판대를 찾아가서 신문을 보이는 대로 모두 사와서 읽곤 했다)을 구해와서 내가 투고한 신문사의 신문 먼저 펼쳐 당선작과 심사평을 읽어보는데, 거기에 당선작과 최종까지 겨룬 작품으로 내 작품이 거론되어 있었다. 최종심까지 오른 것만으로도 큰 위안이 되었다. 떨어졌는데 그게 무슨 위안이냐고? 하여튼 그런 사람이 있는데 그게 그때의 나였다. 뭐랄까…… 우물 바깥으로 나가서 이렇게 계속 쓰면 된다는 신호를 누군가에게 받은 느낌이었다.

신춘문예 낙선에서 그런 위로(?)를 받고 다시 중편소설을 쓰기 시작해서 그해 가을에 『문예중앙』에 투고를 했는데 그 작품이 나의 등단작인 「겨울 우화」이다. 신기하게도 당선한 작가는 나와 생년월일이 같은 남성이었다. 어떻게 생년월일이 같은 사람 둘이 한 지면에서 당선작과 가작으로 등단하게 되었는지 지금 생각해도 신기한 일이다. 꽤 오랫동안 어떤 자리에서 그 작가를 만나게 되면 나와 생년월일이 같은 사람으로 기억되었으니까.

기억에 남아 있는 또 한 가지 일은 우리들과 끝까지 최종심에서 겨룬 작가가 있었는데, 그는 그 낙선한 작품을 동아일보 신춘문예 중편 부문에 다시 투고했다. 나도 가작인 게 걸려서 새 작품을 완성해서 동아일보 신춘문예 중편 부문에 투고했다. 결과는 그에게 밀려서 나는 또 최종심에 이름만 거론된 채 낙선했다.

그로부터 세월이 삼십몇 년이 흐른 지금도 가끔 그 과정들을 반추해볼 때가 있다. 『문예중앙』에서 내가 뽑히고 그가 떨어졌으니 그다음 몇 개월 뒤 동아일보에서도 내가 뽑혀야 할 것 같은데 그땐 그가 당선이고 나는 낙선이었다. 작품에 대한 평가는 그런 것이다. 보는 눈에 따라 다르고 취향에 따르고 어디에 관점을 두느냐에 따라서 달라진다. 어떤 작가든 이 모든 관점에 비추어서 항상 잘 쓰기란 힘든 일이다. 항상이 아니라 바로 전에 발표한 작품보다 더 잘 쓰는 일도 어렵고 작가 연륜이 길다고 해서 작품도 더 나아지란 법이 없다.

뜬금없는 비유 같지만 요즘 나에겐 요가가 그렇다. 작품 쓰는 일 이외에 가장 꾸준히 포기하지 않고 계속해온 일이 내겐 요가라고 틈만 나면 말하곤 했는데, 요즘엔 그 말끝이 흐려진다. 점점 나빠지고 있어서. 물론 나는 이보다 더 나빠져도 요가를 계속할 것이다. 왜냐하면 요가는 이제 나에게 한끼 식사 같은 것이 되었으니까. 계속 숨을 쉬듯이, 내가 작가이니 계속해서 글을 쓰듯이 요가는 이제 조건 없이 나의 일상이 유지되는 한 계속하는 그런 것이 되었다. 계속하는데 계속 나빠지고 있으니 기운이 빠지는 때가 있긴 하다. 누가 요가는 계속하냐고 물으면 하기는 하는데…… 점점 더 잘 안 되네, 대답하는 내 목소리도 작아졌다. 요가 이야기가 나오면 저절로 앞에 앉은 사람이 누구든 요가의 필요성을 설파하곤 했던 내가 요즘은 다른 운동을 이렇게 오래 계속했으면 선수가 되었을 텐데 말이야…… 덧붙이기도 한다.

생각해본다.

내가 달리기를 계속해왔다면 다른 것은 몰라도 나의 체

중이 과체중일 리 없고, 내가 테니스를 이리 오랜 세월 계속해왔다면 어떤 시합에 출전도 할 수 있지 않을까 하는 생각. 내 몸은 날이 갈수록 점점 더 요가 아사나들이 잘 안 되고 있다. 무릎이 끊어질 듯 당겨서 숩타 비라 아사나(영웅 자세)를 일 분 이상 유지하기도 힘들고(요가를 하고 몇 달이 지나 이 아사나를 할 때 요가 선생님이 내 허벅지 위로 올라가 자근자근 밟아주면 아프기는커녕 시원하기만 했는데), 나바 아사나(보트 자세)를 할 때는 다리가 후들후들 떨려 이마에서 진땀이 나고, 하누만 아사나(원숭이 자세)는 고통 때문에 아직까지 단 한 번도 완성해본 적이 없다. 그래도 지금까지는 발전은 멈춘 것 같았으나 유지는 되고 있었으므로 큰 회의는 없었다. 그런데 어느 시점부터는 유지되지도 않고 점점 나빠지고 있는 중이다.

왜 유지조차 되지 않는 걸까. 나이 탓일까?

정확히 알 수 없지만 예전에는 가뿐했던 학 자세를 요즘엔 아예 시도하기조차 힘들어졌다. 생각을 또 해보면 요가를 계속하고 있는 나 자신을 기특하게 여기는 마음이 발전을 막는 데 한몫했을 것이다. 방치하고 있지 않다, 무엇인가 하고 있다는 안도감이 내 마음 저변에 깔려 있음을 부인할 수가 없다. 요가 선생님들의 수많은 말씀을 다 접어두고

'자신의 몸이 가능한 만큼만 하라'는 처음 요가 선생님께 들은 말에 지나치게 의존한 것도 이유 중 하나일 것이다. 그 말은 물론 내게 매우 힘이 되긴 했다. 아니었으면 남보다 유연하지 못한 것, 남들은 다 되는데 나만 되지 않은 것에서 자유롭지 못했을 테니까. 그런데 한편으로는 선생님의 그 말을 너무 언덕 삼은 까닭에 나는 이만큼밖에 되지 않는 것에 미련도 안타까움도 없었다.

고통을 받아들이거나 한계를 뛰어넘어 다른 한계로 나아가려고 하지 않고 그 말을 방패 삼아 안주해왔다는 생각.

어떤 선생님은 몸은 자신이 할 수 있는 한계를 넘어갔을 때의 상태를 기억한다고 말해주었다. 몸의 기억력은 대단히 뛰어나서 한번 도달해본 그 지점을 잊지 않는다는 것. 다음번에 같은 상황에 놓이게 되었을 때 몸은 이미 한번 넘어가본 그 지점까지는 가볼 준비를 한다고도 했다. 몸이 할 수 있는 일은 그만큼 무한한데 몸의 주인인 우리가 고통과 대면하지 않거나 새로운 시도를 주저할 뿐이라고. 고통을 호흡으로 안정시켜 안아주고 그 한계를 넘어가보고 또 넘어가보라고.

선생님의 말씀을 들으며 나는 엉뚱하게 아주 오래전에

「새야 새야」라는 단편을 쓰던 때를 떠올렸다. 그때 서른을 갓 넘은 나는 대학을 졸업하고 병원 약국에 갓 취업한 여동생과 사직동에 있는 독신자 아파트에서 살고 있었다. 원룸이었던 그 작은 공간에는 침대가 공중에 매달려 있었다. 잠을 자러 가려면 사다리를 타고 올라가게 되어 있었고 누우면 바로 천장이 손에 닿았다. 자다가 화장실에 가려고 일어나다가 머리를 찧기도 하고 사다리를 타고 내려오다가 발을 잘못 디뎌 바닥으로 나뒹굴기도 했던 기억들을 남겨준 공간이다.

침대 밑에 내가 글을 쓰던 책상이 있었다.

깊은 밤중에 글을 쓰다보면 머리 위 공중에 매달린 침대에서 고단한 여동생의 숨소리가 들렸다. 글이 잘될 때는 그 숨소리가 아무런 문제가 되지 않았지만 글이 잘되지 않을 때는 매우 신경쓰였던 여동생의 숨소리.

「새야 새야」를 그 침대 밑의 책상에서 썼다. 이런 말이 읽는 사람에게 어떻게 읽힐지 모르겠으나 그 작품은 그때 아니었으면 쓰지 못했을 것이다. 나는 가끔 「새야 새야」를 꺼내 읽어보는데(그런 작품이 몇 있다) 읽을 때마다 지금은 이렇게 쓸 수는 없을 거야, 생각한다. 그 작품이 좋다는 뜻이 아니다. 읽을 때마다 이제는 내 것이 아닌 상실한 것들이 떠오르기 때문에 찾아 읽는다. 내가 잊어버린 것이 무엇인지 확인하기 위해. 그때여서 가능했다. 그 나이여서, 그 감정이어서, 그 상황이어서. 또 쓸 수 있을 것 같지만 그런 글을 쓰는 순간은 단 한 번뿐이다.

무슨 슬픈 일을 당했는지 자꾸만 자신을 숨겨주세요, 라고 말하며 메마른 우물 속에 숨어드는 거렁뱅이 여자를 선천적으로 말을 못하는 남자가 한겨울밤에 등에 업고 산속 어머니 묘지를 찾아가는 장면을 공중에 매달린 침대 밑의 책상에 엎드려 쓰던 그 순간. 눈 내리는 겨울 산속 밤을 묘사하면서 나는 숨을 죽였다.

그에겐 귀머거리 형이 있다. 그는 아무것도 듣지 못하는 형에게 필담으로 말해준다. 움직이는 것들에게선 소리가 난다고. 형은 묻는다. 소리를 어떻게 아느냐고? 그는 소리는 아는 게 아니고 귀에 들리는 거야, 라고 대답해준다. 형은 기러기를 보며 저 새는 무슨 소리를 내는가, 묻는다. 동생은 포르르, 라고 적으려다가 '그리운 소리'라고 적어준다. 이후 형은 움직이는 것만 보면 동생에게 묻는다.

물은?
(헤어지는 소리)

뱀은?

(눈이 감기는 소리)

때까치는?

(대문 여는 소리)

바람은?

(잠 깨우는 소리)

    형이 기차는 무슨 소리를 내느냐고 물을 때 나는 동생이 되어 '과거로부터 도망치는 소리'를 낸다고 썼다. 그렇게 한 번밖에 쓸 수 없는 문장들이 있다.

    숨겨달라며 우물 속으로 들어가는 거렁뱅이 여자를 등에 업고 눈 내리는 겨울밤 산속의 능선을 넘어가는 장면을 묘사하다가 나는 이상한 기운에 몸이 얼어붙었다. 다리가 짧은 짐승이 비명을 지르며 내달리고 날개 달린 것들이 느닷없는 인기척에 퍼르르 날아오르는 장면들을 묘사하다가 나는 슬며시 의자에서 일어섰다. 분명 내가 쓰고 있는 문장인데 그게 현실처럼 느껴지고 무서워졌다. 내가 마치 어떤 아픈 여자를 등에 업고 아무도 없는 겨울밤 산속을 헤매고 있는 느낌이 생생하게 들어서. 소설을 쓰다가 가끔 그런 느낌에 휘둘릴 때가 있으나 그때처럼 생생해서야 어디 제정신이랄 수가 있을지.

　나는 기묘한 두려움에 사로잡혀서 여기까지만, 하며 한 문장을 쓰고 일어나고…… 다시 여기까지만, 하고선 다시 한 문장을 쓰고 의자에서 일어나기를 반복해가며 그 장면을 완성했다. 여기까지만…… 하며 한 문장을 쓸 때마다 어느 한밤 겨울 골짜기의 눈들, 새들, 나무들이 그 문장을 쓰고 있는 나를 쳐다보고 있는 느낌이었다.

　나는 마지막으로 한 문장을 더 쓰고는 얼른 사다리를 타고 침대로 올라가 여동생 곁에 누웠다. 후다닥 이불 속으로 들어가 여동생을 껴안으니 잠들어 있던 여동생이 "언니 왜 그래?" 물어서 "응, 무서워서" 했던 기억.

　요가를 조금만 더…… 하면서 내가 할 수 있는 한계선을 한 번씩 꾸준히 넘어갔으면 나는 지금 하누만 아사나도 잘 할 수 있게 되었을까? 의자에서 일어났다가 다시 앉으며 여기까지만, 하고 거기까지 가고 다시 여기까지만, 하면서 다시 거기까지 가며 계속 한 문장씩 더 쓰고 더 쓰고 하면서 「새야 새야」를 완성시켰듯이.

　어쩌면 나에겐 하누만 아사나란 자세가 체형적으로 불가능했을 수도 있었겠으나 나는 이거밖에는 안 된다고 미리 생각하고 거기에서 늘 멈추었다. 그 한계를 넘어가려면 수축된 근육이 이완되는 통증을 받아들일 용기가 필요한데 나는 그러질 못했다. 여기까지가 내가 할 수 있는 것이야, 생각하며 멈췄다. 언제나 거기에 멈추어 있다보니 세월과 함께 점점 멈추는 시점이 더 빨라졌다.

한계를 넘어가보려 하지 않았던 사람 앞에 당도한 당연한 현실이다.

처음부터 다시

코로나19로 인해 육 주 동안 휴원 상태였던 요가원이 다시 문을 열었다. 수업 십 분 전 요가원에 도착해 창가 자리에 매트를 깔았다. 아는 얼굴들이 하나둘 나타났다. 사회적 거리두기를 의식해서 서로 떨어져 자리를 잡았다. 어떤 이가 소독용 알코올을 매트에 뿌려 닦으니 이 사람 저 사람 따라 했다. 누군가는 바닥에도 소독제를 분사해 닦았다. 무사히 다시 요가원에 나올 수 있게 되어 반가우면서도 아직 안심은 되지 않는 불안한 마음들이 엿보였다. 어떤 이는 수업 내내 마스크를 쓰고 있었다.

코로나19가 탄생시킨 많은 말들 중에 사회적 거리두기

와 자발적 격리는 이제 우리 일상어가 되었다. 어린이들도 사회적 거리두기라는 말을 익숙하게 발음한다. 그 거리를 유지하기 위해 엘리베이터를 타는 대신 계단을 오르고, 마켓에서 계산을 해야 될 때도 거리를 두고 카드를 내밀고, 산책하다가도 누군가 가까이 오면 좀더 빨리 걷거나 아예 뒤로 처져서 그 사람과 멀어지려고 하며 지냈다. 인간과 인간이 가까이 있으면 위험하다는 것을 같은 종으로서 받아들여야 하는 기간이기도 했다.

　뉴욕에서 혼자 지내던 지인 L도 귀국했다. 처음엔 서울의 연로한 부모님께 혹시라도 폐가 될까 싶다며 뉴욕에서 계속 버텨보겠다더니 감염과 사망이 가파르게 늘어나자 결국 귀국길을 택했다. 바로 부모님 집으로 들어가기가 꺼려져 언니의 도움으로 오피스텔을 얻어 이 주간의 자발적 격리에 들어갔다는 문자를 받았다.

　문밖으로 나갈 수가 없을 텐데 식사는 어떻게 해결하느냐 물었더니 배달을 시키거나 언니나 엄마가 음식을 가져와 문밖에 두고 간다고 했다. 출입문 바깥에 음식을 두고 문자로 알려줘 문을 열어보면 저멀리 엘리베이터 앞에서 마스크를 쓰고 손을 흔드는 언니나 엄마가 있다고. 비행기를 타고 열네 시간을 와서 가족을 가까이서 보지 못하고 떨어져서 서로 손을 흔들다가 우스워서 웃음도 나오고 슬픈 생각에 눈물이 맺히기도 했다고.

나는 L에게 우울감을 이길 수 있게 요가를 해보라고 권했다. 유튜브를 검색해보면 따라서 할 수 있는 요가 채널이 많을 거라고. 왜 하필 요가냐고 물어서 "마음이 고요해지니까"라고 답해주었다.

요가원이 휴원이었을 때 집을 나와 아는 길들을 걸어 다녔다. 오르락내리락 언덕이 많아 숨이 가쁘기도 하고 가끔은 골짜기에서 흘러내려온 물길을 만나기도 했다. 작년 10월쯤부터 시작된 엉치뼈 통증만 없었다면 동네에서 이어지는 산으로 들어가볼 수 있었을 것이다.

좀 나아진 듯했다가도 다시 급작스러운 통증에 수시로 내몰리고 있는 중이라 무리하는 건 좋지 않을 것 같아 산속으로는 들어가지 않고 동네를 천천히 걸어다녔다. 내번 산으로 들어가는 입구에서 고개를 빼고 산속으로 이어지는 길을 한참 쳐다보기만 했다. 저 산속 진달래도 피었다가 졌을 테지. 내년 봄에는 엉치뼈 통증이 사라져서 산에 오를 수 있기를. 어느 날은 동네를 내려와 도로를 건너 팔각정으로 오르는 산길을 타봤다. 그걸 시작으로 앞산의 이 길 저 길을 발견하는 소소한 기쁨을 누리기도 했다. 가까운 곳에 이런 길이 있었는데 여태 모르고 살았던 것. 그 시간 속으로 개나리가 피었다가 지고 목련도 피었다가 지더니 라일락 향기가 코끝에 닿았다. 어느 날 산길로 접어드는 입구에 노란 꽃들이 무더기로 피어났다. 그 노란 꽃을 찍어서 이름을 찾아내 외워두었다. 다음날 그 꽃 앞에 섰는데 어제 외운 이름이 생각이 나질 않아 무척 당황했다. 다시 또 네이버에게 물어보기를 한 끝에 '죽단화'라는 그 꽃 이름을 찾아냈다. 사람은 만나지를 못하고 이렇게 새로 알게 된 몇 개의 길과 꽃 이름과 함께 2020년 3월과 4월이 지나갔다.

다시 시작된 요가 수업 첫날, 나는 속에서 뻗쳐 올라오는 짜증을 누르느라 진땀을 흘렸다. 육 주 만의 수업이라고는 해도, 십오 년을 넘게 요가를 해왔는데 무릎은 굽혀지지가 않았고 호흡을 할 때 복부가 등 쪽으로 말려지지가 않았으며 균형이 필요할 때면 어김없이 몸이 부들부들 떨렸다.

작가 생활은 언제나 자발적 격리 생활이기도 해서 코로나19로 인해 봉쇄된 일상이 내겐 크게 불편하지는 않았다. 그러나 코로나19 때문에 잠시 멈췄던 요가는 토대가 흔들흔들거리고 모든 게 허사로 돌아간 듯한 절망감을 안겼다.

뜻대로 되지 않는 몸 때문에 선생님 목소리도 귀에 들리지 않을 만큼 마음이 휘둘리고 있는 어느 순간에 처음부터 다시……라고 나도 모르게 웅얼거렸다.

　그래, 처음부터 다시…… 배우자. 그러면 된다. 한 작품을 마쳤다고 다음 작품에 들어가는 마음이 쉬웠던 적이 없었으니. 글을 오래 썼다고 계속 잘 쓰게 되지도 않으니. 늘 처음부터 다시 시작해야 했으니.

잊어버린 새벽 호흡

아쿠아리움이란 장소는 내게 매번 기이한 느낌을 준다. 일부러 찾아가지는 않는데도 막상 거기에 가게 되면 나도 모르게 물고기들을 보는 데 몰두해서 내가 아쿠아리움이란 장소를 좋아하는 건 아닌가 싶은 것이다.

잠실의 아쿠아리움에 가서도 비슷한 느낌이었다.

중국인 관람객들이 꽤 많았고 어린이들이 단체로 관람을 와서 꽤 소란스럽고 산만했는데 나는 나도 모르게 열심히 물고기들을 넋을 놓고 구경하고 있었다. 덩치가 큰 물범이나 바다사자의 유영도 멋지지만 실처럼 가느다란 치어들이 한곳으로 쏠려다니는 움직임을 보는 것도 재미났다. 깨끗한 물에 사는 대표적인 물고기 은어의 몸에서는 수박향이 난다는 것과 벨루가라는 러시아 흰돌고래가 바다에 살지만 사람처럼 임신과 출산을 한다는 것에 신기해하며 아쿠아리움에서 한참 시간을 보냈다.

벨루가는 러시아 말로 하얗다는 뜻이라고 한다.

태어날 때는 회색으로 태어나는데 멜라닌 색소 결핍으로 성장하면서 하얀색으로 변한다고. 임신 기간에 탯줄을 통해 영양을 공급하고 새끼를 낳아서는 사람처럼 젖을 먹여 기른다는 벨루가에겐 탯줄을 끊은 흔적인 배꼽도 있었다.

그러다가 가오리를 보게 되었다. 시장 생선가게에서나 보던 가오리가(종이 다른 걸까? 아쿠아리움의 가오리들을 크기가 보통 책상만 했다) 자유롭게 유영하고 있었다. 가오리들은 몸을 접었다 폈다 아주 자유자재로 놀리며 수족관을 헤엄치고 다녔다.

어찌나 멋진지 나는 가오리들에게서 눈을 뗄 수가 없었다. 수족관에 갇혀 있다고 하지만 갇혀 있는 건 나고 물속의 가오리들이 더 자유로워 보였다. 천장이 수족관인 터널을 지나는데 무심코 올려다보니 널따란 가오리 한 마리가 철퍼덕 엎드려서 숨을 쉬고 있었다. 어쩌면 자고 있는 것이었는지도 모를 일. 살아 있는 가오리의 널따란 새하얀 배를 그토록 가까이에서 보기는 처음이었다.

가오리는 일곱 개인지 여덟 개인지 되는 구멍으로 규칙적으로 숨을 내쉬는데 내 보기엔 분명 복식 호흡이었다. 처음에는 무심코 올려다보다가 나는 가오리의 숨을 한참 주시했다. 규칙적이고 안정적이고 기운찬 가오리가 내쉬고 들이쉬는 숨이 내가 열중하다가 멈춘 새벽 호흡이 생각나게 했다.

숨 이야기를 해보자.

요가를 하기 전까지는 내가 내쉬거나 들이쉬는 숨에 특별히 관심이 없었다. 숨을 쉰다는 것은 살아 있다는 증거이나 그건 또 자연스러운 일이기도 해서 생명을 지니고 있는 한은 다들 비슷한 숨을 쉬며 살아가는 것이려니⋯⋯ 생각했다. 요가를 시작하고 난 뒤에 요가 선생님으로부터 가장 많이 들은 말 중 하나가 숨에 관한 것이었다. 숨이 그렇게 중요한가? 처음에는 그리 생각했지만 곧 알았다. 인간이 어떤 동작을 하게 될 때면 맨 먼저 숨을 참거나 쉬지 않는다는 것을. 긴장하거나 어떤 상황을 지켜보거나 어이없는 일을 당하거나 하면 인간은 먼저 숨을 죽인다는 것을.

그래서일 것이다.

수많은 소설 속 문장에도 숨에 관한 묘사가 많다. 숨을 고른다, 숨을 내뱉었다, 숨을 죽인다, 숨이 멈추는 것 같았다. 인간의 모든 상태는 숨에 빗대어 표현할 수 있다. 살아 있다는 것은 숨을 쉬는 일이고 숨이 끊긴다는 것은 죽음을 뜻하니까. 그러니 자기 자신과 잘 지내고 싶으면 내가 숨을 제대로 쉬고 있는지 살펴볼 필요가 있다. 고대 인도에서도 신과 인간을 연결하는 것은 숨이라고 여겨서 호흡 수련을 중요하게 여겼다.

숨에 관심을 갖게 되자 나는 곧 내 숨이 깊지 않다는 것을 알게 되었다. 일반적인 숨이 그렇듯이 나 또한 흉식 호흡을 하고 있어서였다. 요가 선생님은 요가의 가장 기본적인 호흡은 복식 호흡이라 일러주며 복식 호흡을 연습시켰다. 복식 호흡은 산소를 몸속에 전달해서 쌓여 있는 노폐물과 지방까지 없애고 몸의 기운을 안정시키는 호흡이라는 설명을 들으면서, 그렇게 중요한 호흡에 대해 마흔이 되도록 무심했다는 게 억울한 느낌까지 들었다.

들이쉴 때 배가 나오고 내쉴 때 배가 등 쪽으로 붙게 하는 게 복식 호흡의 기본이다. 말로 들으면 별것 아닌 것 같은데 오랫동안 흉식 호흡에 익숙해진 상태에서는 잘되지가 않았다. 숨을 그냥 코로 내쉬는 것쯤으로 알고 있다가 들이쉴 때는 배를 나오게 하고 호흡을 참고 있다가 내쉴 때는 배를 등 쪽으로 붙여야 한다는 생각으로 숨을 쉬게 되자 처음엔 되레 숨을 방해하곤 했다. 거기다 들이마실 때는 괄약근을 조이고 내쉴 때는 풀어주는 것까지 동시에 이루어지는 숨쉬기.

복식 호흡은 집중하다보면 자신의 배가 얼마만큼 부풀어오르는지, 얼마만큼 등 쪽에 가닿을 수 있는지를 알게 해준다. 흉식 호흡에서 벗어나 복식 호흡에 익숙해지면 자신의 숨이 끊어지는 조각 숨이 아니라 커다란 덩어리로 느껴지는 희열을 맛볼 수도 있다. 크게 들이쉴 때 몸이 부풀어오르며 모든 것을 다 받아들이는 느낌이었다면, 내쉴 때는 몸속에 들러붙어 있는 모든 것을 다 뱉어내는 느낌도. 복식 호흡이 자연스럽게 되기까지 꽤 시간이 필요했지만 이 복식 호흡이 나의 것으로 익숙해지는 과정에서 잘하고 싶으나 되지 않던 아사나 동작들이 같이 깊어지고 부드러워지는 것을 실감했다. 어떤 동작을 길게 유지하는 것 또한 호흡의 문제라는 것도 동시에 깨달았다. 그래서 어느 요가 선생님이나 숨을 멈추면 안 됩니다, 숨을 쉬세요, 라는 말을 반복한다는 것도.

숨을 제대로 쉬지 않으면 어느 아사나도 제대로 유지되

지가 않는다. 그런데 처음엔 숨쉬기보다 활 자세 같은 동작을 먼저 해보고는 잘되지 않으니 실망을 했다. 이렇게 몸이 굳어 요가를 계속할 수 있을까…… 싶기조차 했다. 사실은 그렇기 때문에 요가를 해야 되는 것인데.

나는 지금도 두 손바닥을 등뒤에서 마주대는 동작이 되지 않는다. 대부분 고개 숙인 자세로 책을 읽고 글을 쓰고 앉아 있다보니 후굴 자세를 할 때마다 가슴이 아프고 고개를 뒤로 젖히지 못할 만큼 목덜미에 통증이 느껴질 때도 있고, 등뒤에서 손바닥을 맞닿는 동작을 할 때는 어깨와 손목 통증이 심해 잠시도 유지하지 못할 때도 많다. 하지만 깊은숨을 들이쉬고 내쉬면서 기다리면 어느덧 통증으로부터 벗어나 마음에 여유가 생기고 얼마간 유지가 된다.

흔들리고 밀리고 한쪽으로 치우치는 모든 균형을 잡아주는 것은 눈에 보이지 않는 숨쉬기다. 순간적인 떨림뿐 아니라 인요가처럼 한 동작을 삼 분, 오 분씩 깊이 들어가 유지할 때도 가장 필요한 건 숨쉬기다. 그러니까 요가에서 숨쉬기는 소설에서 문장인 셈이다. 아무리 좋은 소재의 소설쓰기라고 해도 문장이 흔들리면 앞으로 나아갈 수가 없다. 아무리 멋진 아사나라고 해도 숨이 흔들리면 그 아사나를 완성할 수 없는 이치와 같다. 소설은 결국 문장이라고 나는 생각한다. 어쨌든 시작부터 끝까지 한 문장 한 문장을 벽돌처럼 쌓으며 나아가야 소설이 완성된다. 앞 문장에 의해서 뒤 문장이 이루어지듯 숨쉬기도 들이쉬기가 있어야 내쉬기로 이루어진다. 복식 호흡을 익혀나가는 일은 숨쉬기가 요가에서 얼마나 중요한지 깨닫게 해주는 과정이기도 했다. 뇌를 정화시켜주는 정뇌 호흡, 엄지손가락으로 한쪽 콧구멍을 막고 반대쪽 코로 숨을 오 초쯤 들이마신 후 다시 반대쪽 코로 오 초간 뱉어내는 교호 호흡, 아주 급히 숨을 들이마시고 내쉬는 풀무 호흡을 차례차례 익혀둔 것은 아사나를 못하는 날엔 호흡에 집중하려는 마음에서였다.

　요가 선생님에 따라 중요하게 여기는 것이 조금씩 다르긴 했으나 어느 선생님이든 호흡의 중요성은 일치했다. 이제는 나도 고질적인 두통이 시작될 기미가 보이면 두통약을 먹는 대신 정뇌 호흡을 한다. 정뇌 호흡을 하고 나면 머리가 어느 정도 맑아진다. 요가를 시작하지 않았다면 아마 숨쉬기는 그냥 살아가는 데 자연스러운 일로만 여겼을 것이다.

　호흡을 매우 중요시하는 선생님과 수업을 삼 년쯤 이어하던 시절이 있었는데, 그때는 요가 수업의 시작과 끝이 호흡이었다. 그때 내가 참 건강했다는 생각이 든다. 그때는 그 선생님의 권유에 따라 잠자리에서 일어나면 복식 호흡부터 시작해 정뇌 호흡과 교호 호흡 그리고 풀무 호흡을 이십 분씩 매일 했다. 모두가 잠이 들어 있을 그 시간에 홀로 바르게 앉아 호흡을 들이쉬고 내쉬고 하다보면 내가 모든 준비를 마치고 만선을 위한 출항을 앞두고 있는 기분이 되곤 했다.

아쿠아리움의 큰 가오리의 숨쉬기를 보기 전까지 잊어버리고 있던 그때 새벽 호흡 시간의 그 신선한 충만감이 떠올랐다. 내가 왜 그걸 그만두게 되었는지 기억이 희미하지만 가오리의 숨쉬기를 보는데 후회가 되었다. 시간을 어떤 사람과 함께 보내느냐는 그렇게 중요하다. 만약 그 선생님과 계속 요가를 같이 했다면 나는 새벽 호흡을 계속하고 있었을 텐데……. 그 선생님이 요가원을 떠나고도 한동안 나는 새벽 호흡을 했는데 언제 그만두었을까. 아마도 집을 한동안 떠나게 되는 일이 생겼고 그러면서 새벽 호흡과 멀어져서 다시 회복하질 못하고 지나갔을 것이다.

계속해왔다면 얼마나 좋았겠는가 하는 일이 이 일뿐이겠는가. 다시 이어가보기로 한다. 아쉬움을 접고 다시 나의 나빠진 숨을 정비해보기로 한다. 숨이 나빠지면서 나의 아사나들도 후퇴했다는 깨달음. 새벽 호흡을 되찾아 다시 그 신선한 충만감에 닿아보기로 한다.

아무 흔적도 남아 있지 않았다

요가원에서 다시 휴원 연장 안내 문자가 왔다. 코로나19 사회적 거리두기 2.5단계가 1주 연장됨에 따라 휴원을 1주 연장한다는 내용이다.

올해 들어 벌써 네번째 휴원이다. 요가원 앞을 지날 때면 나도 모르게 고개를 들어 그쪽을 바라보게 된다. 함께 요가를 하던 회원들은 어떻게 지내고 있을까? 평범한 일상이 유지되던 때 가끔 오늘은 하루 쉴까, 하고 갈등했던 시간조차 그리워진다. 요가원이 다시 문을 연다고 해서 안심하고 갈 수 있기는 한지. 언제나 갈 수 있는데 마음이 내키지 않아 가지 않는 것과 가고 싶은데 갈 수 없게 된 것의 차이가 얼마나 큰지. 어디도 자유롭게 갈 수 없게 되니 이상한 일이지, 마음에도 무엇이든 쉽게 체념하는 순간이 발생한다.

코로나19가 시작될 때만 해도 인내심을 가지고 자발적 격리와 방역 지침을 따르다보면 곧 다시 일상으로 복귀할 수 있겠지, 했다. 매달 월세를 감당해야 하는 자영업자들이 전쟁처럼 치러내야 하는 시간이 이리 오래 길어질 줄이야. 아이들이 학교에 가지 못하는 날들이 이렇게 계속될 줄이야. 매일 자연스럽게 굴러가야 하는 일들이 셧다운되면서 남길 후유증을 생각하면 앞날이 아득하다.

글 쓰는 시간이란 자발적 격리의 시간과 다름없는 것이라 어이없게도 처음에는 누구에게나 자기만의 고요한 시간을 가질 기회가 될 수 있을 거란 생각을 약간은 했다. 지금은 누구도 그런 말을 하지 않는다. 안녕하신지요, 라고 편안히 묻지를 못한다. 모두들 알고 있는 것이다. 이제 코로나19가 물러간다고 해도 예전으로 온전히 돌아갈 수 없게 되었다는 것을.

요가원을 나가지 못하게 되면서 자주 하게 된 일은 동네 산책이다. 요가는 내가 몸을 위해서 유일하게 지속적으로 해온 것이라 혼자서도 할 수 있을 줄 알았다. 요가원이 휴원을 할 때마다 혼자서 매트를 깔아놓고 시도해보지만 집중이 되지 않는 날이 더 많다. 요가 선생님의 말에 귀기울이며 선생님이 지시하는 대로 따라 하는 게 습성이 된 탓인지도. 요가를 좋아했던 이유 중 하나가 요가를 할 때만큼은 생각이란 것을 멈추고 몸을 그 시간에 맡겨둘 수 있었기 때문이다. 그냥 나는 선생님이 하라는 대로 따라 하며 머리를 비워두었다. 혼자 요가를 하려니 다음 아사나를 무엇으로 이어가야 하는지 생각을 해야 했다. 이게 맞나? 하는 의문이 자꾸 들었다. 생각을 없애고 집중하기 위한 방편으로 호흡 위주로만 한다든가, 태양 경배 자세를 반복해서 해보았으나 요가원에서 같이 할 때처럼 몰입이 되지 않는 건 마찬가지였다. 아는 사람은 요가 유튜브 채널이 많아졌다면서 그걸 보면서 해보는 것을 권유하기도 했으나 막상 그렇게 되지도 않았다. 혼자 요가하는 일이 잘되지 않으니 동네를 걸어다니게 되었다.

동네를 걷다가 감꽃이 피고 지는 것도 보게 되었고, 모과꽃이 진자줏빛이라는 것도 알게 되었고, 아직 쓸 만한 의자들이 대문 밖에 내놓인 채 방치되어 비를 맞고 있는 것도 보게 되었고, 동네에 새끼 고양이들이 여럿이라는 것도 알게 되었고, 뜻밖에 산에 있어야 할 청설모가 동네 골목까지 내려와 대문 앞에 내놓은 쓰레기통을 뒤지는 것도 보게 되었다. 비가 자주 내리니 산에 먹을 게 없는 것인가? 잠깐 생각했으나 청설모가 뭘 먹고 사는지 아는 바가 없었다.

어느 날은 청설모가 갑자기 내가 걸어서 지나려는 길목에서 고통스럽게 몸을 뒤집으며 발작을 일으켰다. 몇 번 몸을 뒤채더니 곧 다리를 쭉 뻗고 숨을 거두었다. 눈앞에서 한순간에 벌어진 일이라 걸음을 멈추고 그 죽음을 지켜보게 되었다. 하필 죽은 장소가 길 한가운데였다. 차라도 지나가게 되면 어쩌나 싶은 마음에 한쪽으로 옮겨주고라도 지나가야 한다는 생각이 들었으나 나는 생각과는 반대로 죽은 청설모를 보지 않으려고 얼굴을 반대쪽으로 돌리고 그 앞을 통과했다.

길에서 죽은 청설모의 다음을 알고 싶지 않아 다음날 다른 길을 택해 걸으면서 뒤통수를 얻어맞듯 깨달았다. 다음을 알고 싶어하지 않는 내 마음에 깔려 있는 게 '다 끝난 일, 무엇을 변화시킬 수 있단 말인가' 싶은 냉소와 더 참담한 꼴을 보고 싶지 않다는 두려움이라는 것을. 냉소와 두려움을 내면화해서는 여기서 한 발짝도 나아가지 못할 텐데. 아직 그 길에 죽은 청설모가 있다면 용기를 내어 사체라도 옮겨주리라 생각하고 그 길로 다시 가봤다.

아무 흔적도 남아 있지 않았다.

태양 아래 몸이 환하게
열리는 느낌이라니

코로나19 방역 수칙에 의해 요가원이 폐쇄되어 가고 싶어도 가지 못했을 때는 해제되기를 기다리는 마음이라도 있었다. 이 주일씩 한 달씩 미뤄지다가 막상 해제되어 반가운 마음으로 다시 요가원에 나갔을 때는 마스크를 써야 했다. 마스크를 쓰고 하는 요가는 한 번도 생각해본 적이 없었다. 그렇다고 마스크를 벗고 요가를 할 용기도 없었다.

나는 마스크를 쓴 채로 며칠 요가 수업을 받아보다가 요가원에 나가는 것을 멈췄다. 어떻게든 마스크에 적응해보려고 했으나 요가를 하는 내내 마스크 안에 갇혀 있는 내 숨이 마음에 걸렸다. 나에게 요가는 응시와 숨쉬기이기도 한

데, 내 숨이 마스크 안에 갇혀 있는 상태가 계속되자 나로서는 요가를 하는 일이 무의미해졌다. 마스크를 벗고 요가를 할 수 있는 상황이 될 때까지 요가원에 나가는 일을 쉬자고 생각했던 게 지금까지다. 코로나19는 나로 하여금 소설 쓰는 것 외에 가장 오래 해왔던 요가원에 나가는 일까지 멈추게 만들었다.

요가원에 나가지 않게 된 후로는 그 시간에 홀로 태양 경배 자세를 열여섯 번 반복해서 해봤다. 내가 수많은 요가 아사나 중에 태양 경배 자세를 택한 건 처음 만난 요가 선생님이 태양 경배 자세를 가르쳐주면서 했던 말이 떠올라서였다. 열여섯 번이라는 숫자도 비슷한 경험에서 정해졌다. 헤어진 후에 다시 본 적이 없는 그 선생님은 어느 날 수업 시간에 혼자 요가를 해야 할 때는 태양 경배 자세를 반복해서 해보는 것도 방법인데, 시작하면 열여섯 번쯤은 연속해서 하는 게 좋다고 했다.

태양 경배 자세는 산스크리트어로 '수리야 나마스카라'라고 한다. 수리야Surya가 태양이고 나마스카라Namaskara는 인사다. 태양에게 감사하는 인사로 풀이해도 될 것이다. 태양 경배 자세를 설명하는 요가 선생님의 목소리의 높낮이를 고스란히 기억하고 있을 정도로 태양 경배 자세라는 말을 처음 들었을 때의 신선함이 잊히지 않는다. 인도에서는 아침마다 떠오르는 태양에게 인사하는 마음으로 이 자세를 취한다고 했을 때 내 눅눅했던 마음이 반짝 빛나는 느낌이었다. 아침마다 떠오르는 태양에게 감사 인사를 하는 마음이라니. 나 자신이 돌아봐졌다. 내게 태양에게 감사하는 마음이 있었던가? 그렇구나. 태양이 매일 떠오르는 것은 당연한 일이 아니라 감사해야 할 일이구나.

어느 요가원에서는 수업의 거의 두 시간 동안 태양 경배 자세만 반복한다고 했다. 동네 요가원에서 함께 요가를 해온 분에게서 전해들은 이야기다. 어느 날 그분은 내게 거기에 같이 가보겠냐고 물었는데, 나는 그때 두 시간 동안 태양 경배 자세를 계속한다는 건 생각만 해도 지루해서 따라가지 않았다. 혼자 다녀온 그분은 두 시간 동안 태양 경배 자세를 반복해서 했던 그 순간을 마라톤에 비교했다. 마라토너가 완주를 하는 과정에서 나중에 자신이 달리고 있는지도 잘 모를 정도의 경지에 이르는 순간이 있다는데, 그분은 자신이 태양 경배 자세를 두 시간쯤 했을 때 어느 순간 바로 지금이 그 마라토너의 순간과 비슷하겠구나 하는 생각이 들었다고 했다. 그 말이 잊히지 않는다. 아쉽게도 나는 그 경지를 느낄 수 있는 순간을 놓친 셈이다.

태양 경배 자세는 전신을 사용한다. 앞으로 굽히고 뒤로 젖히는 동작을 반복한다. 이렇듯 전굴과 후굴을 동시에 계속 반복하다보면 저절로 몸이 따뜻해지다가 더워지고 나중에는 열이 난다. 몸을 뒤로 젖힐 때는 숨을 마시고 앞으로 굽힐 때는 내쉬는데, 이 반복되는 동작과 호흡이 일치될 때 몸이 태양 아래 환하게 열리는 느낌이 든다. 나는 아직도 이 동작을 두 시간을 계속해본 적은 없다. 열여섯 번 반복해본 것이 고작이다.

태어나자마자 마스크를 쓰고 자란 아이가 세 살이 되었고, 신입생 환영회도 없이 대학생이 된 학생들이 학교에도 가본 적 없고 친구도 사귀지 못한 채 3학년이 된다고 생각하면, 내가 요가원에 나가지 못하게 된 것쯤이야 비교 대상도 아니지만 어서 자유로워지기를 바라본다. 그때까지는 아쉬탕가 요가의 첫 동작이기도 한 태양 경배 자세 반복 횟수를 늘려가면서 계속해볼 도리밖에 내겐 없다. 오래전 요가를 처음 대했을 때, 매일 떠오르는 태양에게 감사 인사를 올리는 자세라는 말을 처음 들었을 때 뭔가 툭 터지는 것같이 신선했던 여운이 내 마음과 몸에서 끊어지지 않기를 바라본다.

코로나19는 당연한 것들이 당연한 게 아니라는 것을 우리에게 알려주기도 했다. 태양 경배 자세를 하는 동안만이라도 파괴되지 않고 물 흐르듯이 이어지고 있는 세상이나 자연의 이치에 감사의 마음이 흘러가 닿기를 바라본다. 그러다가 어느 날 마스크를 벗고 그리운 요가원의 매트 위에 다시 서 있는 날이 내 일상에 찾아오기를.

달 경배 자세

요가의 태양 경배 자세 반대편에 달 경배 자세가 있다. 하늘에 태양과 달이 있고 태양 경배 자세가 있으니 달 경배 자세도 있는 것이다. 달 경배 자세는 찬드라Chandra 나마스카라라고 부른다. 나는 화가 났다고 느낄 때 이 자세를 한다.

달 경배 자세는 태양 경배 자세와 달리 움직임이 고요하고 기운이 안쪽으로 향해 있다. 달 경배 자세가 화를 누그러뜨려준다거나 어지러운 마음을 침착하게 해준다는 근거가 있는 건 아니다. 하지만 나는 그렇다고 믿는다. 이것도 아마 내가 처음 요가를 배울 때 나도 모르게 좋아하게 된 요가 선생님이 어느 날 수업 시간에 화가 났을 때 달 경배 자세를 해보라고 했던 그 말의 영향 때문일 것이다. 이제는 얼굴도 가물가물한 선생님의 그 스쳐가는 말로 인해 나는 눅여지지 않는 순간을 달 경배 자세에 의지해 넘어왔다. 말이란 이렇게 서로를 연결시킨다. 어떤 사람이 무심히 한 말의 기운이 어떤 사람의 무의식에 닿아 영향을 끼치기도 한다.

머, 그거 하나 못 이긴당가

엄마는 지난 초여름에 코로나19 2차 백신을 맞고 1차 때와는 달리 않으셨다고 한다. 비슷한 무렵에 아버지도 2차 백신을 맞았나보다, 라고 쓰려니 마음이 쓰리다. 시골 부모에 대해 정확히 아는 게 없었다는 생각. 1차 때는 그냥 지나갔으나 2차 때는 앓아누워 있는 엄마를 아버지가 건너다보길래 엄마가 "당신은 안 아프요?" 물었더니 아버지가 "머, 그거 하나 못 이긴당가!" 했었다고.

머 그거 하나 못 이긴당가, 했다던 아버지는 삼 개월이 지나 2021년 여름을 못 이기시고 세상을 떠나셨다. 아버지가 부쩍 해마다 여름을 힘겹게 나곤 하셨지만 이제 가을이 코앞에 왔으니 올해도 잘 견디셨다고 생각했다. 갑작스럽게 아버지를 보낸 엄마를 혼자 계시게 할 수가 없어서 시골집에 머물다가 엄마가 병원에 가야 할 일도 있고 해서 함께 서울로 왔다. 위아래로 계단이 많아 다리가 불편한 엄마가 편히 쉴 데가 없는 내 집. 비교적 부엌으로 화장실로 드나들기 쉬운 내 서재에 요를 깔아서 엄마 잠자리를 마련했다. 내 노트북과 책 몇 권은 부엌으로 들려나왔다. 한밤중에 식탁에 앉아 있다가 엄마가 잘 주무시는지 서재의 문을 가만히 밀어보면 엄마는 온몸을 구부리고 누워 있었다.

주무시겠지, 하고 안으로 들어가 이불을 당겨 덮어주려고 하면 엄마가 "너는 왜 잠을 안 자고 왔다갔다허냐?"고 했다. 불편하고 낯선 딸의 서재에서 잠을 못 이루고 구부리고 있는 엄마 곁에 가만히 누웠던 어느 날 엄마는 깊은숨을 내쉬며 "인자 나는 내 헐일은 다했다"고 하셨다.

아버지 계실 때 몸이 아파서 서울 병원에 오셨다가도 병원 일만 끝나면 온갖 구실을 갖다대며 서둘러 아버지가 계시는 시골집으로 가셨던 엄마. 실상은 아버지 때문이었는데도 엄마는 매번 개밥 줘야 한다는 핑계를 대곤 했다. 그러던 엄마가 시골집에 아버지가 안 계시니 집에 가야겠다고는 안 하신다. 그것이 다행으로 여겨지면서도 텅 비어 있을 시골집을 생각하면 내가 멍해지곤 했다. 그곳에 정말 아버지가 안 계신 것인가? 실감이 나지 않아서.

지난 7월 어느 날에 엄마는 시골집에 아버지를 두고 서울 병원에 입원해야 했다. 위내시경을 통해 엄마 위에 잠복하고 있는 것을 제거한 이틀째 밤에 엄마에게 약한 섬망이 왔다. 수면제를 투여했는데도 엄마는 잠을 딱 한 시간 주무셨다.

병원에서의 깊은 밤, 병상에 누워 있던 엄마는 자꾸만 일어나려고 했다. "엄마 왜? 화장실 가고 싶어요?" 물으면 "저기 갈라고" 하셨다. 엄마가 가리키는 저기가 어디인가를 살펴보니 열린 병실 문 저편에 불 켜진 간호사실이었다. "간호사실인데 저기 뭐하러 가요?" 물으니 저기에 사람들이 많고만, 하셨다. 사람들이 많은 저기로 가려고 자꾸 병상을 내려오려는 엄마와 실랑이를 벌이는 중에 돌연 엄마가 여기가 어디냐고 물었다. "여기? 여기는 병원이잖아요" 하니 엄마는 "나는 여그가 솔모댕이인 줄 알았네" 했다.

솔모댕이는 시골집이 있는 마을의 도랑가를 말한다. 거기에는 오래된 팽나무가 있고 도랑을 복개한 곳에 평상이 놓여 있다. 평상 위로는 허름하지만 슬레이트로 지붕을 만들어놓아 비를 피할 수도 있었다. 앞뒤나 옆으로 막힌 데가 없어서 어느 쪽으로나 바람이 일렁이고, 눈앞으로 들판의 논밭이 한눈에 들어오며, 멀리 철길로 기차가 지나가는 모습이 보였다. 그 마을에서 태어나거나 그 마을로 시집와서 늙었거나 또 늙고 있는 사람들은 그 평상에 나와 앉아 고구마순도 다듬고, 참외도 깎아 먹고, 고추 꼭지도 따면서 여름을 보냈다. 어머니는 섬망으로 간호사실을 솔모댕이로 착각한 모양이었다.

다음날 정신이 맑아진 엄마는 이번에는 어서 시골집에 가야겠다고 우겼다. 퇴원 후 안정을 위해 며칠이라도 서울에 머물기로 해놓고는 어서 집에 가야 한다고만 했다. 아무리 만류해도 쇠고집을 부리셨다. 이번에 엄마는 시골집에 빨리 가야 하는 이유로 개밥 줘야 한다고 하지 않았다. 칠십 년을 함께 살았는디……라고만 하셨다. 나는 우매해서 그 뒷말을 알아차리지 못했다.

빨리 시골집으로 가야겠다는 엄마를 만류하다가 목소리를 높여 성을 냈는데 다른 때와는 달리 엄마는 내가 화를 내도 아랑곳하지 않았다. 엄마는 아픈 위를 달랠 겨를도 없이 나나 형제가 아닌 제부에게 부탁해서 제부의 자동차를 타고 시골집 아버지가 계신 곳으로 가버리셨다. 칠십 년을 한집에서 살다보면 설명할 수는 없어도 직감으로 알게 되는 것들이 있는 것인가.

아버지는 엄마가 그리 무리를 하고 재촉을 해서 시골집으로 돌아간 열흘 후에 돌아가셨다. 달력에 입추라고 표시되어 있는 날, 어머니가 있는 집에서 하룻낮 하룻밤을 주무시다가 한낮에 고요히.

그리고 지금, 평생 책을 한 권도 읽지 않고도 하고자 하는 일은 모두 하면서 살아오신 엄마가, 역설적이게도 책으로 둘러싸인 딸의 서재에서 우두커니 앉아 있다가, "그르케 허망하게 가버린다냐" 혼잣말을 하시는 밤이 찾아왔다. 연분이면 나를 일 년 안에 데려갈 것이다, 라고 해서 가슴이 철렁 내려앉는 새벽도 찾아왔다. 나는 그런 엄마 곁에서 할 수 있는 게 없다. 엄마는 병원의 노인평가검사를 통과한 후에 한고비를 더 넘겨야 하는 상황인데, 겨우 내가 할 수 있는 일이란 소화 잘되는 음식이 무엇인지 찾아보고 그 재료나 구해보는 일.

어느 날 새벽에 깨어난 엄마에게 "엄마, 이렇게 한번 해보실래요?" 하면서 나는 엄마에게 복식 호흡을 해보게 했다. 한두 번 해보다가 엄마는 거부했다. 왜 여태까징 자연스레

쉬어오던 숨을 그렇게 복잡하게 쉬라고 허냐, 고 힘없이 짜증을 내셨다. 그러면 이렇게 해보세요, 하면서 엄마의 구부러진 등을 바로 펴게 하고 앞으로 구부려보라고 했다. 내 깐에는 늘 불편해하는 엄마 다리를 반듯하게 펴보게 할 요량이었으나 엄마는 그것도 거부했다. 거부했다기보다 펴지지가 않았다는 게 맞다.

엄마, 이게 요가라는 것인데…… 설명을 해보려다가 그만 입을 다물었다. 엄마의 삶이 그대로 담겨 있는 엄마의 육체는 구부러진 채 펴지지 않고 오그라들어 있다는 것만 깨달았던 시간.

나는 요즘 이제는 이 세상에 안 계시는 아버지를 나도 모르게 아버지, 하고 부르는 일이 잦다. 내가 아버지의 부재를 실감하지 못하고 있음을 확인하는 순간이다.

중학교를 졸업한 후부터 나는 도시에 부모님은 시골에 떨어져 산 지가 사십 년이 지났다. 아직 아버지와 그냥 떨어져 살고 있는 듯하다. 시골집에 가면 그곳 마당에 여전히 아버지가 서 계실 것 같고 전화를 걸면 받으실 것만 같다. 평소대로 아버지 전화번호로 전화를 걸어본다. 아버지는 살아생전 맏딸인 내 말이면 그저 알았다고 하셨다. 이유를 묻지도 않고 "니가 그리 생각하면 맞겄지" 하셨다. 그래서인가. 요즘 나는 나도 모르게 아버지를 부르고는 "아버지, 엄마 보살 펴줘" 혼잣말을 한다. 거기까지는 아버지가 하셔야지요, 하다가 나는 썰렁해져서 엄마처럼 우두커니 서 있거나 앉아 있다.

어제 한낮에는 엄마가 나보고 백신 맞았냐고 물었다. 1차는 맞았고 2차는 아직 기다리는 중이라고 하니 엄마가 또 혼잣말을 했다. 너거 아버지가 내가 2차 백신 맞고 와서 끙끙 앓는 것을 보고는 머, 그거 하나 못 이긴당가…… 했다고.

오늘도 우두커니 앉아 있다가 쌓아놓은 책더미에 베개를 대고 비스듬히 기대서 설풋 낮잠에 든 엄마를 책상에 앉아 물끄러미 바라보다가 노트를 꺼내 적어본다. 아버지가 엄마에게 하셨다는 말씀을 노트 빈칸에 자꾸만 적어본다.

"머, 그거 하나 못 이긴당가."

머리 서기

코로나19로 인해 요가원에 나가지 못하는 중에도 내가 집에서 계속한 요가 동작 중 하나는 머리 서기다. 물구나무 서기라고도 부른다. 요가원에 가지 못하게 되면서 책상 앞에 요가 매트를 깔아두었다.

생각으로는 늘 그랬던 것처럼 집에서라도 혼자 아홉시 반에서 열시 사십분까지는 요가를 해야지, 했으나 그게 쉽지가 않았다. 어느 날은 이래서 못하고 또 다른 날은 저래서 못하게 되었다. 몸도 마음도 울적해졌다. 그럴 때면 책상에 앉아 물끄러미 요가 매트를 쳐다보다가 의자에서 일어나 매트 앞으로 가서 머리 서기를 해보곤 했다. 그런 내 행위 속에는 혹시나 내 몸이 어렵게 익힌 머리 서기를 잊지 않으려는 마음도 담겨 있었을 것. 나날이 쌓여가는 작가로 살아간다는 것의 두려움을 조금이라도 밀어내보고자 하는 마음도 있었을 것이다.

요가를 시작하고 육 개월쯤 지났을 때 요가 선생님이 머리 서기를 시도해보기를 권유했다.

머리 서기?

처음에는 내가 머리 서기를 한다는 게 상상이 되질 않아서 "그걸 내가 어떻게 해요?" 했더니 선생님은 누구든 다 할 수 있다고, 어떻게 균형을 잡아야 하는지 느끼기만 하면 모두 가능하다고 했다. 넘어질 것이라는 두려움을 마음에서 밀어내면 간단한 동작이라고 했다.

머리를 바닥에 대고 거꾸로 서는 일을 간단한 동작이라고 표현하는 선생님을 믿지 않으면서도, 그러니까 머리 서기는 마음에 도사리고 있는 두려움을 밀어내는 일이기도 한 것인가, 라는 생각을 해보게 되면서 나의 머리 서기 연습이 시작되었다.

처음에 머리 서기를 배울 때는 요가원 벽 앞으로 갔다. 벽이라는 지지대를 의지해서 어깨 바로 아래 팔꿈치를 위치하고 두 손은 깍지를 껴서 손과 양 팔꿈치가 삼각형을 이루게 만들었다. 양다리를 펴서 엉덩이를 높이 올린 자세로 천천히 몸통 쪽으로 걸어올 수 있을 만큼 걸어와서 바닥에서 한 발씩 들어올려 중심 잡기를 반복했다.

처음 머리 서기는 벽이 있기에 가능했다. 중심이 흐트러져도 곧 발끝을 벽에 댈 수가 있었으니까. 벽이라는 지지대는 그렇게 나를 안심하게 해주었지만 벽을 떠나서는 두려워서 균형이 잡히지 않았다. 지지해주는 벽을 떠나야 홀로 설 수가 있을 텐데 벽을 떠나지 않으니 발전이 없었다.

선생님은 벽 앞에서 머리 서기를 하는 일이 익숙해지면 나중에 벽을 떠나서도 할 수 있다고 했다. 하지만 내게 벽은 마치 어린아이가 걸음마를 처음 배울 때 잡고 있는 엄마 손이나 다름없었다. 엄마 손을 잡고 한 걸음 떼보다가 엄마가 손을 놓으면 넘어져버리는 것처럼 발을 벽에서 떼기만 하면 곧 휘청거려서 다시 얼른 벽에 발을 갖다댔다. 다행인 것은 벽에서 발을 떼는 순간이 일 분에서 이 분, 이 분에서 삼 분, 삼 분에서 사 분으로 늘어갔다는 것. 시간이 지나도 내가 넘어질 것을 두려워하며 벽 앞을 떠나지 않으려고 하자, 요가 선생님은 그렇게 계속 벽을 의지하면 홀로 설 수 없다며 연습 시간에 내가 벽 앞으로 가려 하면 내 이름을 부르며 저지했다. 대신 옆에 서서 내가 바닥에서 다리를 들어올릴 때 발목을 살짝 잡아주곤 했다. 그러나 잡아주지 않으면 넘어지긴 매한가지였다.

그렇게 지지대인 벽을 떠나 요가 매트에서 머리 서기를 연습하다가 꽈당꽈당 넘어지는 일이 몇 개월 동안 계속되었다. 그때마다 아이쿠, 하는 눈길로 함께 요가하던 사람들이 나를 걱정스럽게 쳐다봐 민망했던 순간들. 용케도 중간에 포기하지 않은 게 신기하다. 포기만 하지 않은 게 아니라 요가원이 아니라 집에서 머리 서기 연습을 매일 했던 때도 있었다. 물론 매번 넘어지면서. 어느 날은 좀 심각하게 뒤로 넘어져서 비명을 질렀더니 그가 뛰어나와 머리 서기를 꼭 해야 되는 것이냐 묻기도 했다.

두 다리를 들어올리고 코어에 힘을 주면서 몸을 일직선으로 만들려고 할 때마다 균형을 잃고 흔들리다가 넘어지곤 하던 어느 날이다. 신기하게도 그날 홀로 머리 서기가 잠깐 되었다. 한 삼십 초쯤 서 있다가 곧 균형을 잃고 넘어졌지만 그날의 삼십 초가 있고 난 다음날부터 나는 홀로 머리 서기를 하게 되었다.

어찌하여 그 삼십 초가 내게 찾아왔는지는 모르겠으나 그날 이후 삼십 초, 사십 초, 오십 초, 일 분…… 그러다가 몇 달 뒤에는 십오 분쯤은 버티게 되었고 지금은 머리 서기를 한 채 있고 싶은 만큼 있을 수 있게 되었다. 어찌 그리 되었는지는 나도 정확히 설명할 수 없다. 다만 수없이 넘어지고 일어서고 다시 해보고 하는 사이에 내 몸이 균형을 찾게 된 것이라고밖에.

가끔 머리 서기를 하면서 나 자신에게 질문을 해볼 때도 있다.

그래, 두려움을 밀어내었나?

딱히 그렇다고 말할 수는 없다. 마음속의 두려움을 밀어내면 누구나 머리 서기를 할 수 있다고 말한 오래전 요가 선생님의 말에 내 귀가 솔깃했던 것은 '두려움'이라는 단어 때문이었다. 내 안에 도사리고 있는 두려움의 실체가 무엇인지 나는 안다. 알면서도 나는 그 두려움과 대면하려고 하지 않는다.

그리스 태생이며 스웨덴 작가인 테오도르 칼리파티데스가 쓴 작은 책 『다시 쓸 수 있을까』를 순전히 제목 때문에 주문해서 한 장 한 장 넘겨가며 읽은 적이 있다. 그는 썼다. 아예 쓰지 않는 것보다도 후지게 쓸 것이 두려웠다고. 내 마음이 거기에 쓰여 있었다.

나의 두려움은 더 두터워져가지만, 적어도 머리 서기를

홀로 했던 그날 삼십 초의 균형을 이룬 후부터는 넘어져도 괜찮다는 마음이 생기긴 했다. 넘어질 수 있어, 일어나면 돼, 하는 마음.

그렇게 요가를 시작한 지 이 년 후쯤부터 나는 매일 머리 서기를 할 수 있게 되었다. 신기하게 넘어지면 어쩌나 싶을 때는 어김없이 넘어지더니, 넘어질 수 있다고 일어나면 된다고 생각한 후로는 넘어지는 일이 거의 없었다. 머리 서기를 한 채로 다리를 벌리기도 하고, 몸을 왼쪽으로 오른쪽으로 기울일 수도 있게 되었고, 반으로 접을 수도 있게 되었으며, 다시 발을 바닥에 착지하게 되는 순간의 가뿐함도 소유하게 되었다. 요가 수업중에 머리 서기를 하는 시간이 없어도 수업 마친 후 홀로 남아 머리 서기로 그날의 요가를 정리하곤 했다.

머리 서기를 하면 당연히 모든 것이 거꾸로 보인다. 바닥 대신 천장이 보이고 책장에 꽂혀 있는 책 제목들도 거꾸로 보인다. 바로 놓인 것만이 정상인 것 같지만 머리 서기를 해보면 모든 것이 그 반대다. 거꾸로인 것이 정상이 되고 그게 아무렇지도 않다. 나의 두려움은 내가 발을 땅에 딛고 있을 때의 세계만 정상으로 봤기 때문인지도.

혜원 할머니 생각

도무지 요가원이 있을 것 같지 않은 우리 동네에 요가원이 생기고 지금까지 운영중에 있다는 것은 매우 귀한 일이다. 그래서인지 평소에 그 앞을 지나게 될 때면 나도 모르게 고개를 들어 요가원 쪽을 올려다본다. 아침에 분명 다녀왔으나 그사이 사라져버렸을까봐서. 그러다 문득 요가원이 생길 때부터 계속 함께해왔던 혜원 할머니 생각이 났다. 영어 선생님이었다고 들었는데 정확한지는 모르겠다.

혜원 할머니는 동네에 요가원이 오픈할 때부터 함께했다. 작은 키에 단정한 헤어스타일에 군살이라곤 전혀 없는 단단한 몸을 지니고 계셨다. 항상 아홉시 반 요가 시간에 가장 먼저 와 있었다. 언제나 같은 자리에 매트를 깔아서 시간이 지나면서는 그곳이 혜원 할머니 자리라고 여기게 되어 혹 그분이 조금 늦게 나타나도 그 자리엔 아무도 매트를 깔지 않았다. 곧 오실 거니까. 짐작과 같이 혜원 할머니는 곧 나타나 그 자리에 매트를 깔고 밝게 웃으셨다.

우리 동네 요가원이 오픈해서부터 지금까지 혜원 할머니가 가장 고령자일 것이나 젊은 누구보다도 요가 아사나들을 바르게 소화했다. 은근히 나중에 저분처럼 늙었으면 하는 마음이 일었는데 그건 나쁜이 아니었을 것이다.

혜원 할머니 덕분에 요가원 분위기는 다정했다. 먼저 인사를 하시니 나중엔 저절로 이쪽에서 먼저 인사를 하게 되었고, 봄에는 마당에 돋은 쑥을 캐서 만든 것이라며 쑥개떡을 만들어 바구니에 담아 오시기도 해서 요가가 끝난 후에 선생님이랑 회원들이 빙 둘러앉아 하나씩 나눠 먹는 재미도 그분 덕에 가능했다.

스승의 날이 끼어 있는 오월에는 혜원 할머니 주도로 조금씩 돈을 모아 요가 선생님께 작은 선물도 할 수 있었고, 한 해가 지날 때는 집에서 한 가지씩 음식을 가져와서 요가원에 펼쳐놓고 송년회도 했다. 쓰다보니 문득 이 서울이라는 도시에서 아무 연고도 없는 우리가 꽤 오랫동안 정말 이웃 같은 분위기를 누려왔구나 싶은 생각이 든다. 누군가 며칠 보이지 않으면 어디 아프신가 싶었다. 어떤 분은 농장을 갖고 있는데 블루베리를 기른다면서 블루베리를 따와서 나눠 먹기도 했던 기억. 그때 그분은 허리를 숙이고 일하다가 고단해지면 농장 한쪽에 깔아둔 요가 매트 위로 올라가 태양 경배 자세를 몇 세트 하는데 그게 블루베리를 기르는 데 매우 도움이 된다며, 블루베리 기르기와 요가의 영향 관계를 얘기해서 우리를 환하게 웃게 하기도 했다.

요가보다는 요가복에 신경을 더 많이 쓰는 듯한 아주머니도 있었다. 덩치가 좀 큰 분이었는데 요가복이 일곱 벌은 되었지 싶다. 일주일 정도는 요가복이 겹치지 않았으니까. 우리 요가원 수업이 월요일은 아쉬탕가, 화요일은 인요가, 수요일은 하타 요가…… 이런 스케줄인데 그분 말은 그때그때 요가복을 맞춰 입어야 제대로 하는 기분이 들어서라고 해서, 바지만 길고 짧은 것 두 벌인 채로 십 년도 넘게 요가를 해온 나를 살펴보게도 했다. 어떤 분은 요가를 하면서 가장 뜻깊었던 것은 요가가 자신의 작은 키와 체형을 긍정적으로 받아들일 수 있게 해주었던 것이라고 했다.

이런 얘기를 들을 수 있었던 것은 생각해보니 모두 혜

원 할머니 덕분이었다. 그분은 그렇게 같은 동네에 살긴 하지만 서로 모르는 사이라 요가를 마치고 별 대화 없이 자리를 뜨려는 사람들에게 인사하고 말을 붙이고 모여 앉게 하는 힘이 있었다. 모여 앉으면 하나둘씩 그렇게 얘기를 시작하고 웃음을 터뜨렸다. 그 분위기는 당연히 요가 수업을 하는 동안 좋은 기운으로 번지곤 했다.

『엄마를 부탁해』가 연극으로 만들어져서 세종문화회관에서 공연을 한 적이 있었는데 그때 나는 혜원 할머니를 비롯해 시간이 되는 몇 분을 초대했다. 요가복을 입은 모습들만 보다가 공연장에서 외출복 차림의 그분들을 만났을 때 어…… 이렇게나 멋쟁이들이셨구나 싶어 많이 즐거웠다. 혜원 할머니 덕에 그런 일이 그냥 자연스럽게 이루어졌다.

그러던 혜원 할머니가 몇 해 전부터 드문드문 요가원에 나오지 않았다. 다른 사람은 몰라도 그분이 요가 수업에 빠지면 표가 났다. 가장 먼저 와서 지정석처럼 굳어진 자리에 매트를 깔고 호흡이나 스트레칭을 하고 있다가 사람들이 들어오면 미소를 지어주거나 안부를 물어주던 분이 보이지 않으니 왠지 텅 빈 느낌이 들곤 했다. 나뿐만이 아니라 다른 사람들도 혜원 할머니가 며칠 보이지 않으면 요가 선생님께 혜원 할머니가 왜 나오시지 않는지 묻곤 했다. 집안일 때문에…… 감기에 걸리셔서…… 그런 대답을 듣곤 하다가 며칠 지나 다시 혜원 할머니가 나타나시면 모두들 반가워하곤 했는데, 그런 일이 잦아지더니 한번은 거의 몇 개월을 나오시지 않았다. 나를 비롯해 다른 사람들이 그분의 안부를 묻는 일이 빈번해지자 따로 알아봤는지 허리 통증이 심해서 요가를 할 수 없는 상태라고 요가 선생님이 전해주었다.

팔순이 지난 연세에도 허리고 등이고 굽은 데 없이 짱짱해 보이셨는데…… 은근히 걱정이 되었다. 수술을 하셨을까, 생각하면서 머리 서기도 힘들이지 않고 반듯하게 하던 혜원 할머니 같은 분도 허리가 아픈데 내가 나이들면 어떻게 될까 싶은 생각도 들어 마음이 조용해졌다. 사실 소설 쓰는 일을 계속해온 것 외에 내가 포기하지 않고 요가를 계속해온 마음 저변에는 지금보다 더 나이들었을 때를 생각하는 마음이 깔려 있었다. 지금보다는 나이가 더 들었을 때 허리나 다리가 건강하기를 바라는 마음…… 그래야 타인에게 의지하지 않고 의자에 앉아 있을 수 있고 산보를 할 수 있으니까. 나는 거기에 눈이 건강하기를 바라는 마음도 큰데, 그것은 글을 쓰지 못하게 될 만큼 나이가 들어도 책을 읽을 수 있기를 바라기 때문이다.

증명할 수 없는 이야기이지만 예전에 어떤 이가 자신의 어머니 이야기를 하면서 어머니가 팔순이 훨씬 지난 그때에도 눈이 아주 밝으신데 그 이유가 어려서 어머니 집 우물 바로 옆에 당근밭이 있었는데 매일 우물에 갈 때마다 당근을 뽑아 먹은 덕분이라고 했다. 이상하게도 그 이야기가 잊히지 않아서 나는 지금도 장을 볼 때마다 당근을 산다. 같은 분량의 당근과 브로콜리와 양배추와 토마토를 물을 붓고 끓여서 통에 담아두고 그걸 갈아서 아침으로 먹는다. 당근을 별로 좋아하지 않았던 내가 당근 피클도 만들고 당근을 채를 쳐서 볶아 먹기도 하며 생당근을 갈면 너무 당근 냄새가 나니까 당근을 쪄서 우유를 부어 갈아 마시기도 한다. 내가 이렇게 당근을 열심히 섭취하는 것은 통증 없는 허리와 다리를 나이가 들어서도 유지하기 위해 요가를 계속하는 마음과 비슷하다. 나이가 들어서도 책을 읽을 수 있는 시력을 유지하기 위해서. 그러니까 나는 내 발로 산보를 하고 내 눈으로 책을 읽고 싶은 할머니가 되고 싶은 것이다. 그런데 그렇게 요가를 열심히 하고 심지어는 잘하기까지 하는 혜원 할머니가 허리가 아프시다고 하니 신경이 쓰였다.

다행히 할머니는 몇 개월 후 다시 요가원에 나타나셨다. 그 모습 그대로였다.

많이 아프셨느냐 물으니 늙으면 당연한 거 아니냐고 대답하셨다. 늙으면 병을 친구로 여겨야 한다고도. 병을 친구로 여기고 지내는 나이…… 피해갈 수 없는 그런 때가 누구에게나 온다는 게 혜원 할머니의 짧은 대답 속에 담겨 있었다. 나는 나도 모르게 다시 나타난 혜원 할머니가 요가하는 모습을 살며시 살펴보곤 했다. 언뜻 느끼기엔 그전과 달라진 점이 없어 보여서 내심 안심했다.

한번은 혜원 할머니 옆에 매트를 깔고 요가를 했던 적이 있었는데 할머니가 예전과 달리 수업 도중에 잠깐씩 호흡하는 자세로 쉰다는 것을 알았다. 사이드 플랭크 자세나 나바 아사나를 할 때 할머니는 평온한 모습으로 사바 아사나로 휴식을 취하기도 했다. 그 모습도 내게는 지혜로워 보였다.

그러던 할머니를 벌써 일 년 가까이 요가원에서 만날 수가 없다. 할머니가 항상 요가를 하던 자리에 새로 들어온 분이 매트를 깐 지 오래되었다.

요가원에 갈 때마다 오늘은 오셨을까, 하는 마음으로 요가원 문을 열며 맨 먼저 혜원 할머니 자리를 바라보는 게 습관이 되었다. 오늘도 안 오시네, 하는 실망과 무슨 일이 있으신 건가, 싶은 걱정이 동시에 스쳐가는 날들이 길어졌다.

지난여름 베를린으로 떠나면서는 요가원에 보관하던 매트를 집으로 가져오며 내가 베를린에서 돌아왔을 때는 혜원 할머니도 다시 요가원에 돌아와 있기를 바라는 마음으로 할머니 자리를 바라봤다. 한 달 후에 돌아왔을 때도 혜원 할머니 모습은 요가원에서 뵐 수 없었다. 요가 선생님께 혜원 할머니 안부를 묻는 사람들도 점점 줄어들더니 근래엔 묻는 사람도 거의 없다. 아마 새로 들어온 회원들은 혜원 할머니가 누구인지 알지도 못하겠지.

수업을 하다가 집중이 되지 않을 때는 꼭 혜원 할머니 모습이 떠오른다. 그럴 때면 혜원 할머니 자리를 고개를 돌려 쳐다본다. 거기에 혜원 할머니가 그 작고 단단한 몸으로서 계신 것만 같다. 혜원 할머니 생각이 나서 어느 날은 요가 원장에게서 혜원 할머니의 전화번호를 알아내었다. 그런 지도 두 달이 흘렀다. 그 전화번호를 볼 때마다 전화를 걸려다가 그만두곤 한다. 혹시 나쁜 소식을 듣게 될까 겁이 나는 게 솔직한 심정이다.

이제 여름이 지나고 가을이다. 어느 날은 햇빛이 좋아 홀로 동네 산책을 하면서 혜원 할머니 집은 어디였을까 생각해보기도 한다. 서로 깊이 알지 못했지만 십오 년 가까이를 한 공간에서 아침마다 만난 혜원 할머니! 어디에 계시든

이 가을볕을 즐기시고 계시기를, 그러다가 아무 일 없었다
는 듯이 다시 뵐 수 있기를.

홀로 쟁기 자세를 해보며

　누가 아프다는 소식이나, 가끔은 그걸 넘어서서 느닷없는 부고를 들을 때면 뇌에서 쩡 소리가 나는 느낌이다. 어느덧 내가 살고 있는 나이는 어떤 일이든 벌어져도 아무렇지도 않은 나이가 되었다.

　어떤 상황을 나이에 빗대는 건 참 별로다. 젊은 날의 나를 생각해보라. 누군가 나를 보면서 "내가 그 나이였을 때는……"이라고 말할라치면 내용을 들어보기도 전에 거부 반응이 먼저 일어서 나는 이미 그 사람이 하려는 이야기의 반은 듣고 있지 않았다.

나이 먹은 게 무슨 대수라고…… 속으로 저항하며 귀를 접었던 젊은 내가 자주 생각나는 요즘이다. 그래서 나보다 나이가 아래인 사람과 대화를 나눌 때 나도 그랬어, 참아봐, 지나갈 거야…… 같은 말은 삼가려고 하거나 다른 말로 표현하려고 또 노력해보지만 결국은 그게 그 말이라는 것을 깨달을 때가 있다. 결국은 같은 말이구나, 싶을 때는 나도 모르게 무릎이 꺾이는 기분이 든다. 이제 여긴 내가 달릴 수 있는 레일이 아니구나, 를 실감하는 순간이기도 하다.

　　요가는 그런 실감의 허탈한 순간에 함께 해주었다. 요가는 자주 허무에 빠져드는 내 어깨를 그런 것만은 아니야, 라고 다독여주는 친구 같았다.

　　친구, 라고 쓰고 보니 먼 나라에서 투병중인 친구를 만나러 갔던 나날이 떠오른다. 친구는 내게 오지 말라고 했다. 나는 한 번만 보고 오겠다고 했다. 통증 때문에 하루하루 버티는 깃도 힘이 들어 가족의 방문도 거절하고 있다는 친구의 말이 야속하기도 했다. 친구가 투병중인 낯선 이국의 도시 가까이 가서 친구에게 전화를 했다. 통화가 되지 않았다. 네가 오라고만 하면 나는 오늘 너에게 갈 수 있을 만큼 가까이 와 있다고 메일을 보냈다. 답이 오지 않았다. 아픈 친구의 방문 허락을 얻지 못한 안타까움과 불안을 이겨내기 위해 내가 할 수 있었던 건 낯선 도시의 낯선 방바닥에 누워서 사바 아사나나 쟁기 자세를 해보는 일이었다. 매트도 깔지 못한 바닥의 찬 기운이 등을 타고 올라왔다. 힘이 빠져 축 처져 있는 복부에 힘을 채우고 두 다리를 머리 위로 넘기고 양발을 모으고 양손을 등에 받치고 깊은숨을 내쉬고 들이쉬었다. 나는 항상 척추 상태가 좋지 않았기 때문에 척추를 바르게 하는 쟁기 자세를 취하는 일이 쉽지 않다. 그럼에도 눌려 있던 척추를 쟁기 자세로 이완시키고 나면 우선 머리가 맑아지곤 했다. 말하는 것도 힘들어하는 병상의 친구가 겨우 입을 떼서 오지 말라고 했던 말을 상기했다. 갈 수 있는데 가지 않기란 얼마나 힘이 들던지. 쟁기 자세를 유지하면서 친구의 말을 무시하고 방문해버릴까…… 생각하고 또 생각했다. 다행이었는지 불행이었는지는 아직도 판가름할 수는 없지만 쟁기 자세를 유지하는 동안에 기필코 병중인 친구를 만나야겠다는 것은 친구의 일이 아니라 나의 일이라는 생각이 들었다. 생사의 문턱에서 통증에 휘둘리며 순간순간을 버티고 있는 친구의 병문안을 가지 않은 나를 만들고 싶지 않아서 오지 말라는 친구의 말을 어기고 거기까지 갔다는 생각이, 쟁기 자세를 하고 있는 어느 틈에 끼어들었다.

나라면? 내 모습을 보여주고 싶을까? 아예 그런 생각을 할 겨를도 없이 통증에 매몰되어 있을 수도.

기차를 한 번만 타면 만날 수 있었던 친구를 만나지 않고 서울로 돌아가자고 생각하게 해준 건 쟁기 자세였다. 친구의 절박한 순간들을 내가 어찌 다 알겠는가만.

친구 생각을 하며 오늘도 홀로 쟁기 자세를 해본다.

쟁기는 밭을 갈 때 소가 끄는 농기구이다. 이 자세를 취했을 때 몸의 형상이 쟁기와 비슷해서 붙은 이름이라고 한다. 쟁기 자세를 제대로 취하면 척추가 받는 중력을 반대로 받아 척추가 유연해진다. 쟁기 자세의 시작은 우선 바닥에 똑바로 누워 두 다리를 공중으로 들어올리는 것이다. 양손은 바닥을 향해 내려놓는다. 무릎을 접으면서 동시에 천천히 머리 뒤로 다리가 바닥에 닿을 때까지 넘겨본다. 코로나19 때문에 혼자 요가를 하면서 쟁기 자세가 익숙해져 손으로 허리께를 지탱하지 않아도 유지할 수 있게 되었다. 양손을 맞잡은 채 길게 뻗어서 바닥에 내려둘 수 있다. 처음엔 일 분도 지탱하기 어려웠으나 이제는 유지하고 싶은 만큼 쟁기 자세를 취할 수 있다. 그래도 나는 요가를 혼자 하는 것보다 사람들과 함께하는 게 좋다. 나 자신이 생각하는 것과는 달리 내가 사람을 좋아하는지도 모른다는 것을 깨닫게 해준 것이 요가하는 시간이기도 했다.

잘 회복하고 있다는 말

뉴욕에 거주하고 있는 내 에이전트는 한국 나이로 68세다. 그녀가 주선한 뉴욕 요가원 낭독회가 계기가 되어 나는 요가에 대한 글을 틈틈이 쓰기 시작했다. 요가에 대한 글이라고 했으나 요가를 배경으로 한 글이라고 해야 맞을 것이다. 결국 요가 자체보다 요가를 하면서 내가 본 것, 느낀 것, 만난 사람, 요가를 하는 동안 내 마음에 들락거렸던 생각들에 대한 글이니까.

글을 기다리던 에이전트가 어느 날 낙담한 이메일을 보내왔다. 그녀의 계획은 한국 출판 여부와는 상관없이 이 책을 미국에서 출판하고, 그후에 뉴욕의 요가원들에서 낭독회를 갖는 것이었다. 얼마나 멋진 일이냐고 했다. 메일의 내용으로 볼 때 일이 그녀의 뜻대로 진행되지 않은 듯했다. 별로 실망하지 않았다. 그녀의 요청으로 쓰기 시작했으나 요가에 대해 쓰는 시간은 나에게는 내가 사랑하는 사람들과 내 몸과 마음을 응시하는 시간이 되어주었으니까. 그래서 영어로 먼저 출판하는 일이 어려울지도 모르겠다는 메일을 받은 후로도 나는 계속해서 요가에 관한 글을 썼다. 요가를 계속하고 있었으므로 그에 관한 글을 쓰는 것이 내겐 현재형이기도 했다.

　　그러다가 코로나19로 요가원에서 여러 사람들과 같이 하는 요가가 불가능하게 되었다. 사회적 거리를 유지하는 일에 동참하느라 요가원이 자주 문을 닫았기 때문이다. 이런 일은 뉴욕도 마찬가지였다. 코로나19 사태가 예상치 않게 길어지자 에이전트가 다니는 뉴욕 요가원은 줌을 통해 온라인으로 회원들과 요가 수업을 하고 있다고 했다. 줌으로 하는 수업이 처음이라 따라 하는 게 낯설고 서툴렀으나 점점 익숙해져가고 있다고 했다.

　　그런 그녀가 최근에 신장 이식 수술을 했다고 알려왔다. 남편에게 신장을 주는 수술을 하기 위해 지난해부터 수많은 검사를 해왔고 이제 수술을 하게 되었다고. 코로나19

때문에 늦추고 있었는데 더는 미룰 수 없게 되었다고. 그리고 얼마 후에 자신의 신장 한쪽이 남편에게 이식되었으며, 수술은 잘 마쳤고 두 사람은 회복중이라는 소식을 보내왔다.

그녀가 보내온 메일을 몇 번이고 읽었다. 그랬다. 코로나19가 기승이어도 어떤 사람들은 자신의 일을 멈추지 않고 계속하고 있구나, 싶어서 안도감이 고이기도 했다. 코로나19로부터 자유로워져서 예전처럼 서로 오갈 수 있기를 희망하는 그녀의 메일은 새로운 시간에 대한 기대로 가득했다. 주눅 든 마음으로 하루하루를 보내는 나와는 아주 대조적이었다. 문득 나라면 그녀처럼 할 수 있었을까 생각해본다. 그녀의 나이가 68세다. 내가 그 나이가 되었을 때 나의 신장 하나를 다른 이에게 이식해줄 수 있을까? 닥치지 않은 일이니 모를 일이나 그럴 수 있다는 확답이 바로 나오지 않았다.

요가를 하는 그녀는 씩씩했다. 그녀는 나는 잘 회복하고 있어, 그동안 요가를 해온 덕분이라고 생각해, 라고 했다. 병상의 그녀는 지금 당장 하고 싶은 일이 요가라고도 했다. 몸을 움직여야 하는 아사나는 아직 따라 할 수 없어서 대신 호흡과 명상을 하고 있다고도.

그녀의 메일을 읽고 난 후 나는 요가 매트를 둘둘 말아 옥상으로 나갔다.

희망이기도 하고 절망이기도 한

소설을 쓸 때 결말을 미리 생각해놓고 소설을 진행하느냐는 질문을 자주 받았다.

나는 소설의 기승전결을 미리 꼼꼼하게 생각해놓고 쓰는 스타일은 아니다. 마지막 마침표를 찍을 때까지 그 소설이 어떻게 마무리될지 쓰는 나노 살 모른다. 이렇게 무책임한 말이 어디 있을까 싶은데도 사실이 그렇다. 이 소설이 어떠한 소설이 될 것이라는 느낌에 의지해서 나아갈 뿐이다. 삼 분의 일쯤 써나가면 그다음은 그 삼 분의 일 안에서 형성된 서사나 인물들에게 자생적인 힘이 생겨 자기 뜻대로 움직이기까지 한다. 이러니 다 써봐야 결말을 안다, 라고 말할 수밖에.

　나는 소설 속 상황을 내 마음대로 좌지우지하지 못한다. 앞에 써놓은 상황이 예기치 않게 새로운 상황을 만들어 갈 때도 많아서 처음 내가 의도한 것과 반대로 될 때조차 있다. 어느 때는 이게 심해서 다른 사람이 쓰는 것인가 생각될 때조차 있다. 상황이 이렇다보니 작품의 앞뒤를 아주 상세하게 짜놓고 쓰는 작가에겐 존경심을 느낀다. 그는 결말도 정해놓을 것이고 흐트러짐이 없이 자신이 맺고자 하는 길로 갈 것이다. 묘사와 대사의 비율, 특정 장면의 원고 분량과 그걸 쓰는 시간까지도 정해놓고 쓰는 작가의 철저함 앞에선 할말이 없어진다. 나는 어느 땐 메모 하나 없이 소설을 완성할 때도 있는데 무엇을 믿고 그렇게 앞으로 나아가는 것인지, 아래는 깊은 강물인데 흔들리는 다리 위에 서 있는 듯한 불안한 마음이 일구어낼 열기를 기대할 때도 있다.

　요가에 대한 이야기를 쓰기 시작하면서 하루키의 『달리기를 말할 때 내가 하고 싶은 이야기』를 읽었다. 그의 글을 읽는 동안 '이렇게까지!' 싶을 때가 여러 번이었다. 그는 달리기를 하는 이유가 체중 조절 때문이라고 간단히 쓰고 있으나 달리기 중독자처럼 달리고 있었다. 달리기에 대한 그의 존중을 중독이라고 말해서 미안한 마음이 들지만 내겐 그리 보였다. 그리고 달리기 중독은 나를 자주 맥빠지게 했다. 그는 날마다 자신이 달리는 거리를 기록했고 한 달에 달릴 목표를 정했으며 그 목표를 향해 불철주야 노력해서 목표를 꼭 이루었다. 모자라면 꼭 채워넣었다. 그는 드디어 한여름에 아테네까지 가서 올림픽 마라톤 코스를 땀을 뻘뻘 흘리며 달렸다. 이게 무슨 체중 조절을 위해서 하는 거란 말인가. 그는 달리기에 작품 쓰는 만큼의 공력을 들이고 있었다. 페이지를 넘길 때마다 달리는 그의 숨결과 땀방울과 호흡이 느껴졌다. 읽는 내가 달리고 있는 기분까지 들었다. 무엇에 대해 글을 쓰려면 이 정도는 중독된 다음에 써야 되는 거 아닌가 싶어 내가 쓰고 있는 요가에 대한 글쓰기가 무렴하게 느껴지기도 했다.

　　내가 요가를 시작한 이유는 마흔이 되면서 찾아온 다양한 통증에서 자유로워지기 위해서였다. 부모와 태생지로부터 물려받은 건강이 다 소모되었다는 것을 깨달으면서 건강한 상태로 계속 글을 쓰기 위해서 선택한 것이 요가였다. 시작은 그러했으나 지금은 목표가 사라졌다. 요가를 하면 할수록 달리기를 하는 하루키와는 반대의 마음이 되어갔다.

오늘은 요가를 이렇게 해야겠다든지 요가를 통해 무엇을 이루어야겠다든지 하는 마음이 점점 없어졌다. 코로나19를 맞닥뜨리기 전까지 내게 요가는 그냥 하는 것이었다. 아침에 눈뜨는 일처럼 아침 아홉시 반이면 요가원에 가는 게 자연스러웠다. 자연스러웠을 뿐, 날로 발전해야 할 요가 실력은 사라진 목표처럼 날로 줄었다.

드디어 어느 날 아침 시간에는 회원들이 모두 낙타 자세를 자연스럽게 하고 있는데 나 혼자 아기 자세로 엎드려 있어야 하는 날도 있었다. 책상에 앉아 있는 시간이 많다보니 아무래도 가슴을 웅크리고 있는 편이라 가슴을 펴주는 낙타 자세를 하고 나면 어긋난 뼈들이 맞춰지는 것 같고 시원한 느낌이어서 수업 시간에 낙타 자세를 할 차례가 되면 은근히 마음속으로 반가워했던 자세였는데.

뿐인가. 집에서 혼자 요가를 할 때도 자주 해보던 아사나인데 그날 아침은 아예 되지 않았다. 요가란 그런 것이라고 하면 실력자들이 무슨! 이라고 할까? 내게 요가란 그런 것이다. 어제까지 잘되었던 자세가 몸 상태에 따라 오늘 되지 않는 것. 어제 아침에 가볍게 해냈던 아사나가 오늘 아침엔 되지 않을 때 밀려드는 기분은 난감하다는 표현만으로는 설명되지가 않는다. 매일 하는데 실력이 조금씩 나아지는 게 아니라 뒤로 후퇴하는 것을 어찌 담담하게 받아들인단 말인가. 내가 낙타 자세를 포기하고 아기 자세로 휴식을 취하고 있을 때 요가 선생님이 내 이름을 두어 번 불렀다.

경숙님, 시도해보세요.

다시 한번 시도해봤으나 무리여서 다시 아기 자세로 돌아가 매트에 코를 대고 엎드릴 때 마음을 휘젓고 지나가는 낭패한 기분은 그 이후로 수시로 찾아들었다.

실력 후퇴만이 아니라 다양한 통증에서 자유로워지고 싶어 요가를 시작한 것에서도 나는 성공하지 못했다. 지속적으로 요가를 해왔으나 허리와 왼쪽 엉덩이에 통증이 찾아왔다. 처음엔 가끔 있는 일이라 그러려니 했다. 요가를 더 섬세하게 해나갔다. 그래도 통증이 점점 아래로 번지더니 급기야는 다리까지 저렸다. 괜찮아지지 않았다. 날이 갈수록 엉덩이 통증이 심해지고 뒤틀리는 듯 뻐근하기조차 했다. 아는 분의 전시 오프닝에 가서는 제대로 서 있을 수조차 없이 통증이 몰려왔다. 좋아하는 분이고 작품도 좋아하기에 축하를 넘치게 해드리고 싶은데 서서 지켜볼 수가 없을 정도로 엉치가 저리고 아파왔다. 급기야는 급히 앉을 수 있는 의자를 찾아 화장실 앞으로 가서 주저앉았다.

이런 일은 몇 번 반복되었다. 앉아 있으면 괜찮은데 서기만 하면 엉치가 뒤틀리고 전기가 통하는 듯이 다리가 발끝까지 저리더니 잠자리에서도 엉치와 다리가 저릿저릿했다. 안 되겠어서 병원에 가서 사진을 찍어보니 나의 4, 5번 척추뼈가 앞으로 밀려나와 있고 뒤는 분리되어 있었다. 이름도 생소한 전방전위증이라는 진단이었다. 의사는 선천적으로 그렇게 태어났을 수도 있고, 본인은 모르고 지나간 사고가 있었을 수도 있고, 노화에 의해서일 수도 있다고 했다. 부아가 치밀어서 의사에게 "아니 선천적으로 그렇게 태어났을 수도 있다니 무슨 진단이 그래요? 그럼 여태 어떻게 아무렇지도 않았단 말인가요?" 했다. 의사가 나를 빤히 쳐다보더니 만약 선천적인 것이었다면 지금까지는 면역력이 있어서 버틸 수 있었을 거라고 했다. 언제부턴가 육체가 드러내는 색다른 증상들 앞에 꼭 '면역력이 약해져서……'라는 말이 따라붙는 나이를 내가 살고 있다. 나는 그걸 자주 잊어버린다. 통증이 너무 심해지는데 비행기를 타고 멀리 다녀와야 할 일이 있어서 결국은 피하던 주사치료를 두 번 받았다. 과도한 전굴이나 후굴을 피하라는 의사의 지시도 받았다. 요가를 그리 오래 했는데 허리가 아프다니, 대상 없는 원망하는 마음이 가라앉지를 않아서 "허리 아프지 말라고 요가를 오래 해왔는데 결국 허리가 아프네요" 했더니, 의사 선생님이 "요가를 오래 해왔기 때문에 이만한지도 모르죠"라고 응수했다. 칼로 손가락을 베일 때 쩡하니 스쳐가는 아픔 같은 게 마음을 뚫고 지나갔다.

요가를 시작하고 아사나가 가장 잘되었을 때는 삼 년에서 오 년 사이였지 싶다. 꽈당꽈당 넘어져가며 익힌 머리 서기도 내가 원하는 시간만큼 있을 수 있었고, 이제는 아주 조심스럽게 해보는 낙타 자세 또한 아치 모양이 제대로 나왔을 때가 요가 시작 후 삼 년에서 오 년 사이였던 것 같다. 성취감이 보태져서 더 시원하고 가볍게 느껴졌던 몸. 그 무렵의 나의 만병통치약이 요가였다. 나는 두통이 와도 요가를 했고, 소화가 되지 않아도 요가를 했으며, 나중에는 우울해도 요가를 했다. 그러면 두통도 개었고 소화도 잘되었으며 우울감도 엷어졌다. 마음이 지어낸 일이라는 것을 알지만 요가가 만병통치약이었던 그때가 그리워서 눈이 껌벅여진다. 더이상 발전 없이 유지 상태로 몇 년이 흐른 후로는 하루하루 점점 실력이 퇴보하고 있는 중에 코로나19를 맞닥뜨렸다. 요가원에 나가지 못하고 혼자 해오면서 나는 점점 더 퇴보했다. 솔직히 말하면 현재로선 더 퇴보할 게 남아 있지도 않은 느낌이다. 날마다 나의 몸은 온갖 불균형으로 이루어져 있다는 것을 더욱 절실히 실감한다. 다행이라면 그 불균형을 받아들이는 마음이 생기면서 요가가 무엇을 이루어내야겠다는 목표가 아니라 한끼 식사처럼 내 일상에 스며들었다는 것.

여러 개의 항아리가 내 속에 묻혀 있다.

항아리마다 쓰고자 하는 것들을 향해 떠오르거나 경험하거나 듣거나 기억하는 것들로 채워둔다. 어떤 항아리가 뚜껑 가까이까지 채워졌는가에 따라 다음 작품으로 가는 간격이 좁혀진다. 이제 쓰기 시작해도 될 것 같다고 여겨지는 때가 온다. 항아리 안에서 육화되는 시간이 길었다고 해도 결말이 어떻게 날지는 여전히 모른 채로.

항아리를 들여다보며 써내려가지만 어떤 이야기는 항아리 안에 담긴 것들을 다 꺼내 썼는데도 더 써야 될 것 같아서 더 쓸 때가 있고, 어떤 이야기는 항아리 안에 담긴 것의 반도 쓰지 않았는데 여기서 끝내는 게 좋겠다 싶을 때도 있다. 그 작품을 쓰는 그 순간에 결정되는 것이라서 미리 생각해놓을 수가 없다.

항아리 안에 담긴 재료들로만 작품을 쓰는 것도 아니다. 나에겐 늘 그 작품을 쓰는 그 시간이 중요하게 작용한다. 그 작품을 쓸 때 내가 무엇에 빠져 있고 무엇을 가장 중요하게 생각하고 일상을 꾸리는지, 누굴 만나고 어떤 책과 영화와 그림과 공연을 보고 어느 장소에 있었는지 같은 것들이 작품의 행간에서 많은 작용을 한다. 마침표는 그것들과 함께 '더 써야 한다'와 여기서 '끝내야 한다'라는 직감에 의해 결정되는 거라 누군가 결말을 정해놓고 쓰느냐고 물어보면 정확히 답하기가 어려웠다.

그런데 요가에 대한 나의 글쓰기는 지금까지와는 반대였다는 생각. 채워진 항아리에서 이야기를 꺼내와 쓰는 게 아니라 요가에 대한 이야기를 써서 빈 항아리를 채우는 느낌이었다. 스무 장을 쓰기도 하고 열 장을 쓰기도 하고 어느 때는 쓰는 일이 마흔 장에 육박하기도 했다.

＊

좀 오래 비워두었던 집으로 돌아왔다.

집에 돌아와 자발적 격리 기간을 보내고 난 뒤 처음으로 동네 슈퍼에 나가는 길에 코로나19 때문에 발길을 끊었던 요가원이 있는 건물에 차를 주차하고는 요가원이 있는 3층을 올려다보았다. 고맙게도 새로운 것도 사라진 것도 없이 변함이 없다. 아래층에 있는 은행도 그대로였다. 인기척이 드문 한낮의 고요를 뚫고 계단을 올라갔다. 요가 수업이 이른 오전과 이른 오후로 짜여 있어서인지 3층에 오를 때까지 누구도 만나지 않았다. 요가원 입구에 세워져 있는 수업 시간 안내판이 반가울 지경이었다. 한두 달이면 지나갈 줄 알았던 코로나19가 이렇게 길어질 줄이야, 나도 모르게 깊은숨이 새어나왔다. 따로 친밀하게 지내진 않았으나 이 공간에서 숨을 나누며 함께 요가를 했던 사람들의 얼굴이 떠올랐다. 기억나는 이름은 혜원 할머니뿐이고 다른 분들은 얼굴만 밀려왔다 밀려간다. 또 생각한다. 그들은 요가를 계속하고 있을까? 텅 비어 있는 요가원 안을 가만히 들여다보았다. 그대로다. 창에 내려진 연푸른색 블라인드며 내가 자주 매트를 깔았던 자리도 여전하다. 요가원 안쪽 매트를 세워두는 자리에 두고 온 나의 매트는 아직 있으려나? 아니면 치워졌을 수도. 저녁 시간에 다시 오기로 하고 다시 계단을 내려오다가 창에 붙어 서서 밖의 나무들을 또 한참 쳐다보았다. 내가 아는 고양이는 아니겠으나 고양이 한 마리가 나무들 사이에 앉아 있다가 내 쪽을 바라본다. 창에 손바닥을 대는 것으로 고양이한테 인사를 해보는데, 마음이 어째 어디 유배라도 다녀온 사람 같았다.

후퇴해도 다시 시작하자는 마음을 얻기까지 꽤 시간이

걸렸다. 나는 알고 있다. 다시 시작해도 나는 앞으로 점점 더 요가 실력이 후퇴하리라는 것을. 그럼에도 불구하고 요가를 계속하기로 한다. 앞으로 나아가지 않고 뒤로 물러나는 것들이 남겨놓을 무늬들을 끌어안기로 한다.

예상대로 되지 않는 것. 지금까지 이렇게 살아왔다고 해서 계속 그렇게 살게 되지 않는 것. 결말을 알지 못한 채 앞으로 나아가보는 것. 이것은 희망이기도 하고 절망이기도 할 것이다.

요가 다녀왔습니다

1판 1쇄	2022년 11월 16일
1판 5쇄	2023년 12월 20일
지은이	신경숙
그림	Meg
책임편집	변규미
편집	이희숙 윤희영 이희연 원수연 염현숙
디자인	조아름 최정윤
마케팅	정민호 김도윤 박치우 한민아 이민경 정경주 박진희 정유선 김수인
브랜딩	함유지 함근아 고보미 박민재 김희숙 박다솔 조다현 정승민 배진성
제작	강신은 김동욱 이순호
펴낸이	이병률
펴낸곳	달 출판사
출판등록	2009년 5월 26일 제406-2009-000034호
주소	10881 경기도 파주시 회동길 455-3
✉	dal@munhak.com
🐦ⓕ📷	dalpublishers
전화번호	031-8071-8683(편집)
	031-8071-8671(마케팅)
팩스	031-8071-8672
ISBN	979-11-5816-158-3 03810